Lakritz-Sommer

Anna Beringer, geboren in Freiburg, wuchs an der Küste auf. Nach dem Studium der Kultur- und Medienpädagogik arbeitete sie als Übersetzerin und Journalistin. Heute lebt sie mit ihrer Familie in Berlin.

ANNA BERINGER

LAKRITZ-SOMMER

THIENEMANN

WENN DER WIND DER VERÄNDERUNG WEHT,
BAUEN DIE EINEN MAUERN UND
DIE ANDEREN WINDMÜHLEN.

– Chinesisches Sprichwort –

KAPITEL 1

Nella lächelt, halb im Schlaf, halb wach, irgendwo dazwischen. Sie versucht sich an ihren Traum zu erinnern. Aber das gelingt ihr nicht so richtig, eigentlich ist nur ein Gefühl übrig geblieben, ein gutes.

Durch das offene Fenster weht eine Brise ins Zimmer herein, bauscht die dunkelroten Vorhänge auf, die wie Fahnen im Wind flattern und die Gardinenringe leise klirren lassen. Nella atmet tief ein. Die morgendliche Brise bringt den salzig-frischen Geruch vom Meer in ihr Zimmer, vermischt mit dem Duft der frisch gemähten Weide und einem Hauch von …

… Lakritz.

Schlagartig ist das gute Traumgefühl wie weggeblasen.

Es riecht nach Lakritz. Und Nella spürt wieder diesen Klumpen im Bauch, den sie seit Monaten mit sich herumträgt, und der sich nicht mal heute auflösen will, obwohl doch heute der erste Sommerferientag ist. Denn alles ist jetzt anders.

Sie setzt sich auf, schlägt das Fenster zu, lässt sich wieder auf die Matratze zurückfallen. Und schließt die Augen. Aber nur kurz. An Schlaf ist nicht mehr zu denken.

Von einer Unruhe angetrieben, fährt Nella in die Höhe, streift ihre Sandalen über und schleicht aus dem Zimmer, über den Flur, durch die Küche und dann hinaus. 38 Schritte insgesamt. 25 Schritte sind es dann noch über den Hof, wo die Hühner ihr bereits entgegenkommen, weil sie auf Futter hoffen; zwei Schritte durchs Gartentor und auf den sandigen Pfad, der leicht geschlängelt zum Deich führt. Vom Gartentor zum Strand sind es 187 Schritte, wenn man normal geht. Und 142, wenn Nella rennt. Und heute rennt sie. Als ihre Füße den Sand berühren, atmet sie erleichtert die meerfeuchte Luft ein. Kein Lakritz-Duft weit und breit. Nur Frische.

Weißschäumend schiebt sich das Wasser gerade über das endlos scheinende Watt Richtung Ufer und malt mit jeder Welle eine neue Wassergrenze auf den Strand. Die Flut bringt immer Schätze mit und Nella heftet ihren Blick auf den Boden. Ihre Sandalen hat sie längst achtlos hinter sich geworfen. Sie hebt eine Muschel auf.

Nella mag ihn, den frühen Morgen am Strand, alles ist ruhig. Kein Mensch weit und breit zu sehen. Nicht mal ihre Schwester Tilke, die oft zu dieser Zeit hier joggen geht. Einfach ruhig. Nicht still und doch beruhigend. Die Wellen rauschen, die Möwen schreien und die Schafe auf dem Deich blöken gelegentlich.

Aber jetzt kommt noch ein Geräusch hinzu. Ein Rufen, kaum lauter als die Brandung.

Nella dreht sich um.

Oben auf dem Deich steht Tilke. Bereits größer als Mama, nur blonder, schlaksiger. Es ist, als hätte Nella ihre ältere Schwester mit ihren Gedanken hergerufen, überlegt sie, und ärgert sich, dass sie überhaupt an sie gedacht hat. Gerade heute hätte sie noch gerne etwas Zeit für sich gehabt.

Trotzdem macht Nella bei dem Ruf ihres Namens ganz automatisch ein paar Schritte auf den Deich zu.

»Nella! Kommst du? Wir müssen noch –« Tilkes restliche Worte werden von der Meeresbrise davongetragen und Nella würde am liebsten so tun, als hätte sie gar nichts gehört.

Sie schaut den Deich hinauf. Hinter Tilke ragt die Windmühle empor, die mitten auf ihrem Hof steht. Sie ist sogar von hier aus zu sehen, die riesigen Mühlenräder zum Himmel gestreckt. Als winkten sie Nella zu.

Sie kneift den Mund zusammen und umklammert die Muschel in ihrer Hand. Normalerweise würde Nella diesen Schatz in die Mühle bringen. Denn eigentlich ist es ihre Mühle.

Nein, das ist falsch.

Es *war* ihre Mühle. Seit immer schon baufällig und zutrittsverboten war es ihr geheimer Geheimraum gewesen. Denn was konnte geheimer sein als ein verbotener Raum?

Zwischen dem uralten Mühlengerät, dem Staub und den Spinnweben hatte sie alle ihre Bilder und Kostüme versteckt, die Tagebücher ebenso, und ihre kleine Schatzkiste hatte dort immer sicher verstaut unter alten Dielen auf sie gewartet.

Jetzt aber liegt alles durcheinander unter ihr Bett gestopft. Unbeachtet, am falschen Platz, als hätten die Schätze mit dem Umbau der Mühle ihre Magie verloren.

Nella merkt, dass sie die Muschel viel zu fest hält. Rote Ränder zeichnen sich auf ihre Handfläche. Sie lässt die Muschel in den Sand fallen, hebt die Sandalen auf und geht auf Tilke zu. So energisch stakst sie den Deich hinauf, die Treppe ist zu weit weg, dass die Schafe dort auseinanderstieben und empört blöken.

Tilke lächelt. »Du siehst nicht nur schlecht gelaunt aus, Nella. Du läufst sogar schlecht gelaunt.«

Nella antwortet nicht. Wer schlecht gelaunt ist, muss nicht antworten, richtig?

Kaum haben sie das Tor geöffnet, stürmt Mama ihnen entgegen, ihr langes helles Sommerkleid wirbelt dabei um ihre Beine. »Da seid ihr ja!«, ruft sie und klingt, als hätte sie händeringend auf sie gewartet. »Tilke, kümmerst du dich gleich um das Café?«

Sie deutet hinter sich zur alten Scheune, deren ehemals schwere, hölzerne Flügeltüren nun große Glasfenster sind, in denen sich jetzt leuchtend-orange das morgendliche Sonnenlicht spiegelt. Davor die Terrasse mit ihren kleinen, runden, gusseisernen Tischchen, auf die Tilke bunte Blumentöpfe gestellt hat, alles versteckt hinter enormen Kübelpflanzen, dicht wie eine Hecke.

Es sieht hübsch aus, so hübsch, dass man sich dort hinsetzen, die Nase in die Sonne strecken und sich leckeren Kuchen und kalten Kakao bringen lassen will. Oder Eis.

Aber Nella denkt nur an all die fremden Leute, die von nun an auf ihrem Hof herumlaufen, in ihrer alten Scheune Kaffee trinken und in ihrer Mühle schlafen werden.

»Habt ihr Ocko gesehen?«, fragt Mama.

Nella hebt die Schultern, Tilke schüttelt den Kopf und Mama knetet ihre Hände.

»Er wollte Amalie auf die Weide bringen«, fährt Mama fort, ihre Stimme zu hoch, sorgenvoll. »Aber da ist er nicht und Amalie ist noch in ihrem Stall.«

»Ich suche Opa«, sagt Nella sofort. Das ist wichtiger, als Tilke im Café zu helfen. Wozu auch, die Eröffnung ist doch erst am Nachmittag.

Mama nickt und setzt gerade an, noch etwas zu sagen, da hört Nella eine unbekannte Stimme, hinter den riesigen Kübeln.

»Riechst du das auch, Kiran? Hier riecht's nach Lakritz«, sagt ein Mädchen.

Nella schaut überrascht zu Mama.

»Sie sind schon da«, wispert die. Mit riesigen, aufgerissenen Augen sieht Mama kurz aus wie ein erschrockenes Reh im Scheinwerferlicht. »Unsere allerersten Gäste sind hier.«

»Jetzt schon?« Es kann nicht viel später als zehn Uhr morgens sein.

»Sie sind die Nacht durchgefahren, um den Ferienstau zu umgehen!« Mama knetet wieder ihre Hände und steht noch immer unschlüssig vor den Kindern.

»Dann mach was mit ihnen«, zischt Nella. Es war schließlich Mamas Idee gewesen, aus ihrem Zuhause einen Ferienbauernhof zu machen. Nicht ihre. »Ich suche Opa.«

Nella dreht sich um und geht los, über den Hof Richtung Pferdestall. Sie zählt ihre Schritte und ist gerade erst bei sieben angelangt, als eine weitere, leisere Stimme hinter den Kübeln erklingt. Zu leise. Nella versteht kein Wort.

»Ich hasse Lakritz«, erwidert da schon die Mädchenstimme von vorhin, näher jetzt und lauter.

Nella seufzt. Das ist etwas, was sie sehr gut nachvollziehen kann. Für einen Moment ist sie neugierig auf diejenige, die das gesagt hat. Aber dann fällt ihr ein, dass sie noch im Schlafanzug ist. Und erinnert sich, dass sie ganz und gar gegen Ferienbesuch auf ihrem Hof ist.

Schnell dreht sie sich um und geht in die andere Richtung davon, Opa suchen.

KAPITEL 2

Von der Hofmitte bis zum Pferdestall sind es 76 Schritte, denn Nella muss einmal um die Mühle herum, hinter das Wohnhaus und am ehemaligen Schweinestall vorbei, der längst ein Geräteschuppen ist. An seiner Holzwand ranken sich rosarote Kletterrosen empor, so hoch, dass ihre Blütenkopfe über den Rand des Daches schauen.

Ein Schuppen für Dornröschen, denkt Nella und bleibt dann stehen. Aus den Augenwinkeln hat sie beim Vorbeigehen nämlich eine Bewegung gesehen, fast unbeachtet und winzig. Sie läuft zurück.

Die Tür zur Mühle steht offen und klappert leicht im Wind. Nella hält die Luft an und lugt vorsichtig hinein. Wie haben es die Gäste geschafft, unbemerkt an ihr vorbeizulaufen und vor ihr hier zu sein?

Mitten im achteckigen Raum der alten Windmühle aber steht kein Fremder. Es ist Opa Ocko, er schaut zur Decke, über die sich dicke, freigelegte und uralte Holzbalken spannen. Nella findet, Opa sieht aus, wie sie sich jedes Mal fühlt, wenn sie ihren ehemaligen Rückzugsort betritt: verwundert darüber, wie der früher so verwunschen-dustere Raum nun mit einem Mal hell und sauber aussehen kann, ganz und gar geheimnislos. Denn nur ein paar Stufen die offene Treppe hinauf befinden sich über dem achteckigen Wohnraum nun keine Spinnweben und alte Mühlräder mehr, sondern Schlafzimmer, eine Küchenzeile und ein Bad. Der leichte Geruch von Wandfarbe hängt noch immer in der Luft.

»Opa?« Nella tritt ein.

Opa fährt erschrocken zusammen und dann herum. »Nella«, sagt er nach einem Zögern. Dann nichts mehr. Noch einmal dreht er sich um die eigene Achse und schaut wieder nach oben, die Stirn gekräuselt, unentschlossen. Als wüsste er nicht, warum er hier ist.

Nella atmet tief durch. Sie stellt sich neben ihn und hakt sich bei ihm ein, so wie sie es als kleines Mädchen immer getan hatte, wenn Opa sie im Spiel *gnädige Dame* nannte. Seit Opa beim Arzt war, vor Monaten schon, weiß Nella, dass es eine Krankheit ist, mehr als normale Vergesslichkeit, mehr als Unachtsamkeit, Opas Gedanken verschwinden einfach. Und es geschieht immer öfter.

»Opa«, sagt Nella also schnell. »Wir wollen Amalie auf die Weide bringen.«

»Richtig«, Opa nickt und spielt das alte Spiel mit: »Nach Ihnen, Gnädigste«, sagt er mit einem schiefen Lächeln, das nicht ganz echt wirkt. »Mir gefällt dein Modestil«, fügt er hinzu.

»Das ist der Ferienlook, ein Schlafanzug steht für Entspannung, stimmt's?«, entgegnet Nella und macht einen Knicks.

Opa lacht jetzt doch noch sein richtiges Lachen, mit leuchtenden Augen und knittrigem Gesicht. »Ich hole die alte Stute aus dem Stall und du ziehst dir schnell was an, was meinst du?«

»Ist vielleicht besser«, murmelt Nella, die nur zustimmt, weil bereits die Besucher da sind. Vorbei ist es mit ihren geliebten Ferien-Schlafanzugtagen.

Kaum treten sie aus der Mühle, hört Nella sie auch schon, die Besucher. Sie huscht hinter den knorrigen Kirschbaum, der wie ein dicker Mast mitten auf dem Grundstück schnurgerade in die Höhe ragt, bleibt dahinter stehen und schaut um den Stamm herum.

Tilke führt die Gäste zu ihrer Ferienwohnung in der Mühle. Es sind zwei Erwachsene, Eltern, die Tilke nickend zuhören, während diese hierhin und dorthin zeigt und ohne Punkt und Komma zu reden scheint.

Hinter ihnen, langsamer, die beiden Kinder, die höchstens so alt sind wie Nella. Das Mädchen, dunkelhaarig, zieht ihren Koffer so, wie ihre Stimme eben klang – energisch. Er rumpelt laut über den unebenen Boden und übertönt Tilkes Erklärungen.

Das andere Kind ist ein Junge, schmal und blass, der stehen geblieben ist, als die Hühner angelaufen kommen, weil sie Menschen bemerkt haben. Menschen bedeuten für sie schließlich: Futter. Ganz offensichtlich hat Opa Ocko auch die Hühner heute Morgen vergessen. Hungrig scharen sie sich um den Jungen, der noch weißer wird und die Vögel schreckensbleich anstarrt.

»Mensch, Kiran!« Das Mädchen blickt sich um. »Jetzt guck nicht wieder wie ein Glubschfrosch im Sturm. Das sind nur Hühner. Komm endlich.«

Selbst aus der Entfernung hört Nella den Stoßseufzer des Mädchens, das dann in der Mühle verschwindet. Aber Kiran kommt nicht. Er rührt sich nicht von der Stelle. Nella gibt nun einen eigenen Seufzer von sich und tritt hinter dem Baum hervor. Der Junge starrt die Tiere, die ihn umringen, so gebannt an, dass er Nella erst bemerkt, als sie sagt: »Die haben nur Hunger.«

Keine Antwort. Obwohl er seine Lippen bewegt, als würde er sprechen.

»Geh ruhig weiter«, sagt Nella. Sie macht es ihm vor, läuft einfach so durch die Hühnerschar, woraufhin die Hühner gackernd zur Seite rennen.

»Okay.« Ganz leise, ein Wort. Und ein Lächeln, als er wirklich weitergeht.

Nella nickt. Dreht sich um und flitzt zum Haus.

Angezogen und mit geputzten Zähnen steht Nella, nachdem sie Amalie nach draußen auf die saftig grüne Weide gebracht hat, in der Küche. Durch das offene Fenster beobachtet sie für einen Augenblick das Pferd, wie es den Kopf senkt und glücklich frisst. Nella seufzt.

Unschlüssig macht sie drei Schritte Richtung Haustür, bleibt stehen, dreht sich wieder um. Rausgehen heißt, im Café helfen müssen. Oder schlimmer, sich um die Besucher kümmern.

Drinbleiben bedeutet, bestimmt gleich von Mama gesucht zu werden, oder von Tilke. Und das alles dann trotzdem tun zu müssen. Nella fühlt sich wie ein Fisch im Netz. Durchs Fenster weht der Lakritz-Duft herein und sie weiß, es hilft alles nichts. Sie kann sich nicht verstecken.

»Also gut«, gibt sie sich einen Ruck, »ich …«

Aber weiter kommt sie nicht. Ein hoher Schrei ertönt von irgendwo da draußen. Er klingt nach Schrecken und Furcht und Nella sprintet los. So schnell, dass sie sogar vergisst, ihre Schritte zu zählen.

Auf dem Hof aber ist es ruhig, selbst die Hühner sind nicht mehr da. Da stolpert der Junge, Kiran, aus der Mühle, dicht gefolgt von dem Mädchen. »Mensch, Kiran. Das war nur eine Katze!«

Gleichzeitig entdecken sie Nella und stoppen abrupt. Das Mädchen mustert Nella von oben bis unten – und zurück, der Junge schaut nur neugierig.

»Ferris«, sagt Nella und schaut sich um, aber von dem Kater ist keine Spur mehr zu sehen. »Er darf nicht in die Mühle.«

Kiran guckt erleichtert, seine Schwester enttäuscht und fragt: »Wieso nicht?«

»Wegen der Fledermäuse«, antwortet Nella und sieht, wie dem Jungen die Erleichterung buchstäblich aus dem Gesicht fällt. »Was für Fledermäuse?«, fragt er heiser.

Nella geht genau vier Schritte auf die beiden zu und deutet hoch, zu den Mühlenflügeln. »Im Mühlendach wohnen Fledermäuse. Sie sind unter Naturschutz, deswegen ist das Dach nicht ausgebaut worden.«

Kiran bewegt wieder seine Lippen, sagt aber nichts.

Seltsam, findet Nella.

»Mann«, stöhnt das Mädchen. »Das ist hier ja die reine Wildnis.«

»Genau«, sagt Nella.

Sie dreht sich um und läuft zum Café.

37 Schritte lang.

KAPITEL 3

Ferris sitzt vor dem Tresen und schaut Tilke erwartungsvoll an, die dahinter steht und stirnrunzelnd zwei Kaffeetassen in den Händen hält.

Der kleine schwarze Kater fängt an zu miauen, als er Nella sieht, läuft auf sie zu und streift ihr so um die Beine, dass sie aufpassen muss, nicht über ihn zu stolpern.

»Warum hast du Ferris noch nicht gefüttert?«, erkundigt sich Nella, aber Tilke hört kein Wort. Aus der neuen, hochmodernen Kaffeemaschine ertönt nämlich plötzlich ein dröhnendes Brummen und Tilke lässt vor Schreck eine Tasse fallen.

Das wiederum lockt Mama aus der Küche, die hinter einer neu eingezogenen Wand direkt neben dem Tresen eingebaut wurde und von dort nun durch eine Schwingtür erreichbar ist. Mama trägt eine Schürze über dem Sommerkleid, die Haare zerzaust, als wäre sie in einem Sturm gewesen, die Hände schon wieder nervös ineinander verschränkt.

Da die Maschine so laut ist, kann Nella nicht verstehen, was die beiden sagen. Tilke aber fängt an, alle Knöpfe auf der Maschine zu drücken, während Mama sich durch die Schubladen unterm Tresen wühlt, endlich die Gebrauchsanweisung findet und sie hektisch durchblättert. Mit einem Mal hört das Brummen auf und von irgendwo aus der Maschine ertönt ein Zischen. Es fängt an zu dampfen.

Nella bückt sich, hebt rasch den miauenden Kater auf, läuft zur Steckdose, und zieht kurzerhand den Stecker des Kaffeeautomaten heraus.

Es ist plötzlich still, so still, dass Nella von draußen irgendwo eine Möwe schreien hört.

»Ist die Kaffeemaschine kaputt?«, fragt sie. »Es riecht so verbrannt hier.«

»Verdammt!« Jetzt flucht Mama und zerzaust ihre Sturmfrisur noch mehr. »Die Brötchen!« Sie drückt Tilke die Bedienungsanleitung in die Hände, die überrumpelt auch noch die zweite Tasse fallen lässt, und rennt zurück in die Küche.

Nella und Tilke schauen auf die Scherben am Boden, dann legt Tilke die Bedienungsanleitung weg, seufzt und beginnt die Bruchstücke aufzuheben. »Scherben bringen Glück«, meint sie dabei. »Und die können wir zur Café-Eröffnung heute Nachmittag ziemlich gut gebrauchen, findest du nicht?«

Eine Café-Eröffnung ohne Kaffee, denkt Nella.

»Das Ding hat mehr Knöpfe als ein Flugzeugcockpit«, fährt Tilke fort und deutet mit dem Kinn zur Gebrauchsanweisung. »Ich habe es einfach noch nicht geschafft die 200 Seiten durchzulesen.«

Nella sagt nichts dazu, sie streicht über Ferris' Rücken, der sich bereits erneut beklagt. Weil er nicht auf dem Arm sein will, weil er Hunger hat.

»Nella, könntest du ...«, beginnt Tilke, als Mama durch die Schwingtüren rauscht und gleichzeitig ruft: »Nella, kannst du bitte ...?«

Ein Huhn flattert ins Café, gackert empört, unterbricht die beiden.

»Ich fütter jetzt die Hühner«, verkündet Nella. »Und Ferris.« Schlagartig hört der Kater auf zu miauen. Das hat er verstanden. Nella lässt ihn herunter und er läuft schon einmal vor, Richtung Wohnhaus und zur Küchentür, seinem Futterplatz.

Es dauert einen Augenblick, bis Nella es schafft, das Huhn einzufangen, deswegen kommen Mama und Tilke doch noch dazu, zu sagen, was sie von Nella wollen: »Wischst du die Tische ab, Nella«, sagt Tilke und klingt ein bisschen befehlshaberisch, findet Nella. Doch dann grinst ihre große Schwester und deutet auf die kleinen Blumentöpfchen, die sie auf dem Tresen aufgereiht hat. »Und die müssen hier drin dann noch verteilt werden und ...«

»Nellalein!«, ertönt gleichzeitig Mamas Stimme aus der Küche, übertönt Tilke. Leicht hektisch fragt sie: »Könntest du Brötchen holen, so schnell kann ich keine neuen backen und den Gästen haben wir doch Frühstück versprochen.«

Mit dem Huhn auf dem Arm murmelt Nella, dass sie es doch nicht war und niemandem irgendwas versprochen hätte. Sie geht zur Terrasse. Es ist windstill hier hinter den großen Pflanzenkübeln, längst zu heiß für einen frühen Morgen, der Lakritz-Duft hängt schwer in der Luft.

»Ich fahre zum Bäcker«, verkündet Nella nach einer kurzen Pause, laut genug, damit Tilke und Mama es hören. Sie will draußen sein.

Ohne eine Antwort abzuwarten läuft sie los, setzt das Huhn ab, holt das Hühnerfutter aus dem winzigen Verschlag, der an der Rückwand der Café-Scheune ist. Noch bevor sie die Tür wieder verschlossen hat, scharen sich die Hühner bereits erwartungsvoll um sie.

In der Mitte vom Hof steht Kiran, unschlüssig, ganz so, als wüsste er nicht, warum er eigentlich hier ist. Er schaut Nella an, als könne sie es ihm sagen.

Nella seufzt, sie hebt die Futterdose in die Höhe: »Willst du mal?« Und macht es ihm vor. Sie holt eine Handvoll Maiskörner hervor und streut sie – in weitem Bogen – vor sich auf den Boden.

Der Junge beobachtet die Hühner, als wären sie Außerirdische, seine Lippen bewegen sich, aber Nella hört keinen Ton. Trotzdem macht er zwei Schritte auf Nella zu.

»Die tun nichts«, wiederholt Nella, weil sie an seinen angsterfüllten Blick von vorhin denkt, und hält ihm noch einmal die Dose hin.

Plötzlich kommt das Mädchen angelaufen, greift statt Kiran nach dem Futterbehälter und klaubt eine faustvoll daraus hervor. Dann noch eine.

»Nicht so viel«, will Nella sie aufhalten. »Das reicht schon.«

Das Mädchen beachtet sie nicht, streut noch mehr Futter in die Hühnerschar.

»Tasha«, sagt Kiran leise. »Hör auf.«

Nella greift entschlossen zu und zieht der überraschten Tasha die Dose aus den Händen. »Von zu viel Futter können sie krank werden.«

»Klar«, sagt das Mädchen Tasha in einem Tonfall, als würde sie sich mit Hühnern auskennen und Nella nicht. Sie rümpft die Nase. »Und was machen wir jetzt?«, fragt sie unvermittelt, ob Nella oder Kiran, ist nicht ganz klar.

Nella aber erwidert nichts weiter. Sie klemmt sich die Dose vor den Bauch und läuft Richtung Haus, wo Ferris sie ungeduldig – und längst beleidigt, ganz nach Katzenart eben – erwartet.

KAPITEL 4

Am Deich entlang führt ein Fahrradweg, der fünf Minuten länger dauert als der Weg über die Hauptstraße. Aber das macht nichts. Nella radelt lieber hier entlang, ohne Autolärm und mit Zeit. Sie tritt sogar extra langsam in die Pedale, dabei hat auch sie noch nicht gefrühstückt und ihr Magen knurrt regelmäßig, um sie daran zu erinnern.

Und für einen Moment fühlt es sich dann doch an wie richtige Ferien: Die Luft verspricht Hitze, das Meeresrauschen Erfrischung, die Möwen lachen dazu und der Fahrtwind in Nellas Haaren ist die pure Freiheit.

Der Deich ist nicht mehr so ausgestorben wie vorhin, die ersten Urlauber machen eine Radtour, Familien laufen bepackt mit Strandmuschel, Eimern und Schaufeln Richtung Strand. Andere sitzen auf den Bänken und blicken zum Horizont, schauen in die Weite und halten ihr Gesicht in die Meeresbrise.

Der Ort ist klein, aber nicht so klein, dass es nicht einen winzigen Hafen gäbe, in dem früher Fischerboote lagen. Heute gibt es jedoch nur noch ein paar Segelboote von Einheimischen und Touristen, mit einem winzigen Ruderbootverleih, ziemlich versteckt und unauffällig, ein Geheimtipp also. Nicht weit hinter dem Hafen wohnt Zara, Nellas beste Freundin. Und normalerweise würde sie ihr einen kleinen Besuch abstatten, wenn sie sowieso schon im Ort ist. Aber Zara ist gestern in den Urlaub gefahren, nach Irland. Und noch während Nella an Zara denkt, ist da auch schon die Bäckerei, in einem alten, winzigen und sehr schiefen Häuschen, weiß getüncht. Es soll einmal ein Kapitänshäuschen gewesen sein, mit niedrigen Decken und einem Fußboden, so ungerade, dass die Auslageregale unterschiedlich lange Beine haben müssen, um nicht umzukippen.

Die Schlange ist lang, alle wollen in ihrem Urlaub frische Brötchen essen. Nella stellt sich hinten an, direkt in der geöffneten Eingangstür. Je länger sie warten muss, desto später muss sie zurück zum Hof.

Gedankenverloren liest sie die Zettel, die an der Tür hängen, mit Angeboten und Anfragen: *Junge Katze entlaufen*, steht auf einem Blatt, darauf ein Bild, klein und unscharf. Nella nimmt sich vor, Ausschau zu halten. Da gibt es *Klavierunterricht für Anfänger, Nachhilfe für Oberschüler* und, Nella stockt, ein schön gestalteter Aushang mit einer Mühle darauf. Mit *ihrer* Mühle darauf. Umrahmt von einem Kranz aus hübsch gezeichneten Blumen, Möwen und Kaffeetassen steht dort:

ERÖFFNUNG:

Café Lakritz auf dem Sternenhof.
Kuchen, Kaffee und mehr, gleich hinterm Deich.
Immer von Dienstag bis Sonntag
zwischen 15.00 und 18.00. Kommt vorbei!

Wer hat diesen Zettel dort hingehängt? Wer hat ihn überhaupt gemacht? Tilke? Aber sie hätte ihr doch davon erzählt, oder nicht?

»Nella!« Ein Ruf und sie dreht sich um. Eine Gruppe Kinder und ein paar Jugendliche aus ihrer Schule radeln vorbei. »Bis nachher!« Ein Junge, er heißt Nabil und geht mit Tilke in die Klasse, winkt ihr zu, mit irgendwas in der Hand, das wie eine Mappe aussieht.

Nella aber beachtet die Gruppe kaum, sie denkt an den bevorstehenden Nachmittag, wenn es nicht nur noch vier Fremde auf ihrem Hof sein werden, sondern viele.

»Nella, was kann ich für dich tun?« Tatjana, die Verkäuferin, schaut sie erwartungsvoll an.

Nella macht schnell sechs Schritte auf Tatjana zu.

»Wollte deine Mutter nicht backen?«, fragt die.

»Doch«, erwidert Nella und erinnert sich, dass Tatjana eigentlich Schneiderin ist, aber jetzt in der Bäckerei arbeitet. »Aber heute sind ihr die Brötchen verbrannt und …«

Tatjana winkt ab. »Sie hat heute bestimmt viel zu tun, da kommt das schon einmal vor.« Sie greift eine große Tüte und schaut Nella erwartungsvoll an. »Ihr habt vier Gäste. Für acht Personen also, richtig?«

Nella seufzt. Der Ort ist klein, so klein, dass jeder jeden kennt. Und oft genug auch weiß, was jeder so macht. »Für acht«, bestätigt Nella und ihr fällt ein, dass sie überhaupt kein Geld mithat.

Aber auch da winkt Tatjana ab. »Ich habe heute Nachmittag frei und komme natürlich zu eurer Eröffnung, das klären wir dann.« Und leise, damit die Wartenden hinter Nella es nicht hören, sagt sie: »Der Kuchen deiner Mutter ist der beste, den ich je gegessen habe, das war schon in unserer Kindheit so.« Sie zwinkert verschwörerisch und blinzelt lächelnd zum ausgelegten Kuchen vor ihnen, zu dem Kuchen, der nicht so gut ist wie Mamas.

Nella ringt sich ein Nicken ab, schließlich stimmt es, dass Mama richtig gut backen kann, greift nach der vollen, großen Tüte und geht zurück zu ihrem Fahrrad. Sie war nicht lange im Geschäft, und doch scheint es noch heißer als eben, noch sonniger und heller, noch voller in der schmalen Gasse vor der Kaimauer.

Zwei winzige Tischchen gibt es vor der Bäckerei. Ein Mann in Anzug sitzt dort. Er mustert Nella, das spürt sie ganz genau, trotz seiner dunklen Sonnenbrille. Sie ist sich sicher, dass er nicht aus dem Ort kommt. Ein Urlauber? Im Anzug?

»Moin, Nella!«, ertönt es da hinter ihr.

Nella erschrickt, fährt herum und vergisst den Mann, nickt dafür einer älteren Dame zu. Frau Petersen, die Bibliothekarin, läuft an ihr vorbei und fügt winkend ein fröhliches »Bis später« hinzu.

Anscheinend haben viele vor, heute auf ihren Hof zu kommen. Nella legt die Brötchen in den Fahrradkorb, der am Lenker befestigt und mit einer bunten Blumengirlande verziert ist, steigt auf und radelt los. Im Zickzack an den Leuten vorbei, auf den Deichweg, nach Hause, ein Zuhause, das ihr heute so fremd vorkommt.

Auf dem Hof ist es ruhig. Die Hühner satt und zufrieden gluckend hinter der Mühle, Ferris nirgends zu sehen, die alte Stute weiterhin glücklich auf der Weide.

Da, doch ein Geräusch: fröhliches Gelächter, das von der Café-Terrasse her tönt. Zögerlich umrundet Nella die riesigen Töpfe, die Tüte wie einen Schutzschild an ihren Oberkörper gedrückt. An zwei zusammengestellten Tischen sitzen Mama und Tilke mit der Gastfamilie, dampfende Kaffeetassen vor den Erwachsenen, die riesigen Einweihungs-Schokoladenmuffins vor den Kindern.

Ein perfektes Ferienfrühstück. Angefangen ohne Nella.

Mamas Hände sind jetzt ganz entspannt, mit einer winkt sie Nella zu. »Herr Kelly konnte uns die Kaffeemaschine erklären«, sagt sie zu ihr, lächelt in die Richtung des Gastes und nimmt Nella die Brötchen ab. In einem Tonfall, der ein bisschen nach einer Entschuldigung klingt, ergänzt sie: »Die Zwillinge hatten nach der langen Fahrt so einen Hunger und konnten nicht mehr warten. Ich backe nachher neue Muffins. Möchtest du auch einen?«

Alle lächeln Nella an. Die Eltern der Zwillinge freundlich, Mama einladend, Tilke grinst eher flüchtig, mit ihren Gedanken ganz woanders. Der Junge schaut von seinem Teller nicht auf, deswegen weiß Nella eigentlich auch gar nicht so genau, ob er überhaupt lächelt. Tasha aber zieht ihre Lippen kurz nach oben, zusammen mit den Augenbrauen, als überlege sie, ob sie überhaupt lächeln möchte. Dann schaut sie schon wieder herunter und Nella entdeckt, dass sie Ferris auf dem Schoß hat, der schnurrt und sichtlich entspannt aussieht.

Stumm zuckt sie mit den Schultern, was Mama aber trotzdem als ein *Ja* versteht, denn sie stellt Nella eines der kleinen, dunkelbraunen und süß duftenden Küchlein hin und schiebt ihr einen Stuhl zurecht.

Doch bevor sie sich setzt, dreht sie sich noch einmal um ihre eigene Achse. Irgendwas fehlt. Und es dauert nicht lange, bis sie weiß, was. Oder wer. »Wo ist eigentlich Opa?«, fragt sie.

KAPITEL 5

Sofort verkrampfen sich Mamas Hände wieder ineinander, sie schaut sich suchend um. Und Nella spürt einen kleinen Stich irgendwo in ihrer Mitte, da wo das Herz ist. Es ist ein Gefühl, das sie nun immer öfter erlebt. Wenn Mama diesen Blick in ihren Augen bekommt, sobald es um Opa geht.

»Opa Ocko ist im Schuppen und repariert die Kutsche«, sagt Tilke schnell, den Blick auf Mamas Hände gerichtet.

Frau Kelly stimmt ihr zu. »Ich habe ihn dort auf dem Weg hierher eben auch noch gesehen«, sagt sie.

Mama entspannt sich. »Mein Vater repariert für sein Leben gern alles, was aus Holz ist«, erklärt sie und Nella hört die Erleichterung in ihrer Stimme, und den Stolz. »Wenn Sie Lust haben, können Sie auch einmal eine Kutschfahrt mit ihm machen.«

Tasha blickt von Ferris auf und Kiran verzieht den Mund.

Ihre Mutter antwortet: »Sehr gerne! Aber heute wollen wir

es langsam angehen lassen und einfach ein bisschen die Gegend erkunden, Koffer auspacken, einkaufen. Was meint ihr?« Sie schaut die Zwillinge an, aber die antworten nicht sofort.

Dann, während Mama den Gästen vom Supermarkt im Ort, dem Bäcker und dem Hafen erzählt, Tilke aufsteht und abräumt und Nella mit wackelnden Augenbrauen zu verstehen geben will, dass sie helfen soll, fragt Tasha in die Runde: »Warum stinkt es hier eigentlich so nach Lakritz?«

Bei dem Wort *stinkt* fährt Kirans Kopf zu seiner Schwester herum, und ihr Vater korrigiert rasch: »Es duftet, Tasha.«

»Ich mag kein Lakritz«, wiederholt Tasha den ersten Satz, den Nella von ihr gehört hat.

»Es riecht gut«, sagt dafür jetzt Kiran den ersten vollständigen Satz überhaupt, den Nella von ihm hört. Wenn auch nur einen sehr kurzen, sehr leisen.

»Das sind die Pflanzen«, erklärt Tilke und deutet auf die Blumenkübel mit den blau blühenden Duftnesseln. »Von ihnen hat unser Café auch seinen Namen.«

»Wie heißt es denn?«, erkundigt sich Frau Kelly.

»Café Lakritz«, antwortet Mama. »Wir haben noch kein Schild. Aber ich habe die Pflanzen gekauft, an dem Tag, an dem wir beschlossen haben, den Hof und die Mühle umzugestalten.«

Wir, denkt Nella. Dabei hat es Mama allein beschlossen. Einfach so, an einem Tag im Mai, an dem es so heiß war wie heute – ganz, als hätte sich der Sommer in der Zeit geirrt.

Jetzt steht Mama auf, räumt Teller und Besteck ab. »Für heute Nachmittag muss ich noch backen, wenn Sie etwas brauchen, dann finden Sie mich in der Küche.« Sie lächelt alle einmal an. Ihr Blick bleibt auf Nella haften: »Oder Nella, sie kennt die Gegend wie ihre Westentasche. Du kannst Kiran und Tasha doch alles zeigen, oder? Nur bitte sei vor der Eröffnung wieder hier, damit du noch mithelfen kannst.« Und damit verschwindet sie durch die Schwingtüren.

»Gibt es denn hier überhaupt was zu sehen?«, will Tasha von Nella wissen und auch Kiran schaut sie an, irgendwie abwartend.

»Wir könnten ans Meer gehen«, schlägt Nella zögerlich vor und hofft, dass die beiden ablehnen.

Aber das tun sie nicht. Ferris, als wüsste er genau, was gesprochen wird, springt elegant von Tashas Schoss herunter und stolziert davon.

»Okay«, sagt Nella. »Dann lasst uns gehen.« Sie läuft vor, siebzehn Schritte, als sie Opa Ocko sieht, der mit seinem Werkzeugkasten aus dem Kutschenschuppen kommt. Er lächelt freundlich. »Kutschfahrt gefällig?«

Tasha hält inne, jetzt doch neugierig.

»Eine Fahrt übers Watt ist ein tolles Erlebnis«, sagt Opa. »Da fährt man quasi über den Meeresgrund.«

»Es ist aber gerade Flut, Opa«, sagt Nella leise. Eigentlich kennt Opa die Gezeiten auswendig.

Eigentlich.

Opa schaut zur Sonne, dann auf seine Armbanduhr und nickt langsam, zerstreut, als müsse er über das Wort Flut nachdenken.

»Wir gehen schwimmen«, sagt Nella schnell. »Holt eure Badesachen«, fordert sie die Zwillinge auf. »Wir treffen uns am Tor.« Sie zeigt zum Hoftor und den Pfad dahinter.

Kiran guckt erschrocken, aber Tasha meint: »Eine Abkühlung kann ich gut gebrauchen. Bis gleich.« Und läuft zur Mühle.

Kiran folgt ihr langsam, seine Lippen bewegen sich dabei schneller als seine Füße. Er wirkt mit einem Mal blass und Nella erinnert sich daran, unbedingt die Sonnencreme einzupacken.

»Kommst du mit, Opa?«, fragt Nella. Opa und Nella gehen oft zusammen schwimmen. Er hat es ihr beigebracht, hier im Meer vor der Haustür. Und in den Ferien beginnen sie so oft genug gemeinsam den Tag.

Opa zögert, dann küsst er Nella leicht auf die Stirn, runzelt ein bisschen seine eigene und sagt: »Ich helfe lieber im Café, heute ist doch der große Tag!« Er geht Richtung Scheune davon.

Alles ist anders.

Alles.

Ein paar Minuten und mindestens siebenundsechzig Schritte später, weil sie die Sonnencreme nicht finden konnte und das ganze Haus durchsuchen musste, steht Nella am Tor und wartet.

Es macht ihr nichts aus, zu warten. Es ist ruhig auf dem Hof, niemand zu sehen. Und es fühlt sich kurz an wie immer. Zu kurz.

Die Tür der Mühle geht auf und Familie Kelly kommt heraus.

Tasha trägt ein Strandkleid und Kiran Badeshorts und T-Shirt. Die Familie bleibt stehen. Nella kann nicht verstehen, was sie sagen, aber Tasha stemmt die Hände in die Hüften, Kiran schaut zu Boden. Er sieht so aus, als würde er sich am liebsten zurück in die Mühle verkriechen. Nella beobachtet ihn, schließlich kann sie das gut verstehen. Sie würde sich auch am liebsten verkriechen, lieber allein sein, lieber alles so haben, wie sie es gewohnt ist.

Die Mutter sagt etwas, Kiran dreht sich wortlos um und geht auf Nella zu. Tasha stapft energisch hinterher und überholt ihn keine vier Schritte später. Die Mutter schaut ihren Kindern nach, mit einem Blick in den Augen, den Nella von ihrer eigenen Mutter kennt. Es ist ein Sorgenblick.

Als Kiran kurz aufschaut, lächelt sie ihn an. Ganz langsam und nur ganz kurz lächelt er zurück, dann starrt er wieder zu Boden.

»Lasst uns ans Meer gehen«, sagt Nella und seufzt fast unhörbar, nur für sich. »Bevor es wieder verschwindet.«

Sie geht vor.

KAPITEL 6

Als sie das Mühlengrundstück verlassen, das Tor gut verschlossen und den kurzen Weg hinter sich gebracht haben, schaut Nella zum Deich und deutet auf die schmale Treppe, die ein paar Meter nach links auf dieser Seite hinauf- und auf der anderen zum Strand hinunterführt. »Da lang«, sagt sie.

Die Schafe haben sich verzogen, wahrscheinlich ist ihnen mittlerweile zu viel los hier.

Am Treppenabsatz oben steht ein Mann, stockstill, und starrt sie an. Halt, nein, er starrt hinter sie. Nella dreht sich um. Tatsächlich, er starrt zur Mühle. Und Nella kennt ihn, den Mann, es ist der aus der Bäckerei. Mit dunkler Sonnenbrille auf der Nase, den tiefblauen Himmel im Rücken, dem schwarzen Anzug, dem Meereswind im Haar, sieht er fast aus wie der Hauptdarsteller auf dem Filmplakat eines Actionfilms.

Und mit einem Mal erklingt Gitarrenmusik. Von irgendwoher hinter dem Mann.

Kiran neben Nella stutzt und murmelt etwas. Ein Wort nur. Nella dreht sich zu ihm und sieht, dass er ebenfalls den Mann betrachtet. Und sie betrachtet nun Kiran. »Hintergrundmusik«, hat er nämlich gemurmelt. Hat er das Gleiche gedacht wie Nella, das mit dem Filmplakat? Eine Filmszene mit Musik, das passt.

»Warum redest du immer so einen Blödsinn?« Tasha stöhnt genervt, schiebt sich an Nella und Kiran vorbei und geht die Stufen hinauf.

Nella folgt ihr, dreht sich um, damit Kiran aufholen kann, er geht langsam und sie zählt seine Schritte: acht, bis er auf der Stufe unter ihr angekommen ist.

Als sie wieder hochguckt, ist der Mann weg. Nur die Musik ist geblieben.

Auf einer der Bänke, mit Blick auf den Strand, die Gitarre im Schoß, sitzt Nabil, der Klassenkamerad von Tilke. Die Kinder von vorhin auf den Fahrrädern sind auch dabei, sie stehen um ihn herum, Zettel in der Hand, die sie an Leute verteilen, die vorbeikommen.

Nabil lächelt Nella an und sagt, ohne die Finger von den Saiten zu nehmen: »Hallo Nella! Kommt Tilke auch?«

Nella schüttelt den Kopf. »Sie ist im Café.«

Nabil spielt ein paar langsame Töne, die kurz traurig klingen, doch dann wird die Melodie wieder schneller, fröhlicher, und er sagt: »Wir machen Werbung für euer Café Lakritz.«

Eins der Kinder hält Nella einen Zettel vor die Nase und Nella erkennt den Aushang, den sie vorhin in der Bäckereitür gesehen hat. »Du hast den gemacht?«, fragt sie.

Nabil spielt einen einzelnen Ton, der einfach nur hoch ist, aber doch wie ein *Ja* klingt.

Kiran lacht. Er hat es auch verstanden.

Tasha ist längst am Strand.

»Warte!«, ruft Nella ihr hinterher, als sie das bemerkt. Der Strand ist schon ziemlich voll, sie sollten sich nicht aus den Augen verlieren.

Tasha hört sie nicht, oder tut nur so, wirft ihr Handtuch irgendwo hin. Sie geht bis zur Wasserkante und dann ins Wasser hinein. »Kaaalt! Kommt rein!«, ruft sie Nella und Kiran zu, die ihre Sachen nun ebenfalls neben das Handtuch legen.

Sie klingt zum ersten Mal nett, denkt Nella, ihr Tonfall anders, fast froh und aufgeregt.

Nella läuft auch ins Wasser, dreht sich zu Kiran um. Aber der zögert, bleibt stehen, bewegt nur noch die Lippen.

»Was ist, hast du Angst, dich beißt eine Krabbe?« Tashas Stimme ist jetzt wieder wie vorher, energisch und mit diesem Ton, wenn sie mit ihrem Bruder spricht, der sich anhört, als würde sie gleichzeitig mit den Augen rollen.

Kiran sagt nichts und Tasha lacht. »Er hat Angst vor jedem Tier«, sagt sie zu Nella.

»Stimmt nicht«, flüstert Kiran, aber er hört sich ganz genauso an, als würde es doch stimmen.

»Krabben beißen nicht«, sagt Nella. »Und die Fische schon gar nicht.«

Kiran guckt Nella an.

»Die haben vor dir mehr Angst du als du vor ihnen.« Nella lächelt und geht voran ins Meer.

Kiran folgt ihr jetzt doch.

Das Wasser bleibt eine ganze Strecke lang flach und reicht ihnen genau vierundzwanzig Wasserschritte nur bis zu den Knien. Endlich wird es tiefer. Tasha macht einen Jauchzer und einen Bauchplatscher und beginnt zu schwimmen. Nella macht es ihr nach.

Nur Kiran bleibt einfach stehen. Er schaut ihnen zu, ein kleines Lächeln im Gesicht. Ihm reicht es, einfach nur im kühlen Wasser zu stehen. Vielleicht hofft er auch nur, dass die Fische und Krabben ihn so einfach ignorieren.

»Feigling«, ruft ihm Tasha prustend zu und taucht wieder unter.

Ein bisschen später sitzen sie nebeneinander auf dem warmen Sand und blicken auf die kleinen Wellen, die ans Ufer plätschern. Schon jetzt wird der Strand langsam wieder breiter, das Meer lässt immer mehr vom geriffelten Meeresboden blicken.

Nella sitzt zwischen den Zwillingen, sie fühlt sich wie eine Mauer, durch die man sich nicht hören kann, denn die beiden reden selten miteinander. Und wenn, dann flüstert Kiran und

Tasha sagt etwas Gemeines. Jetzt kommentiert Tasha ab und zu, was sie sieht: das Glitzern des Sonnenlichts auf dem Wasser, die Sandburg, die drei kleine Kinder neben ihnen bauen.

Kiran schweigt.

»In ein paar Stunden könnt ihr aufs Watt«, sagt Nella, die das Gefühl hat, nun endlich was sagen zu müssen. Weil niemand darauf antwortet, fährt sie fort: »Im Café schreiben wir die Zeiten von Ebbe und Flut jeden Tag auf eine Tafel. Dann wisst ihr morgens immer, wann Hochwasser ist, und ihr schwimmen könnt.«

Nichts.

»Fahrt ihr oft ans Meer?«, fragt sie.

»Pah«, antwortet jetzt Tasha doch endlich mal. »Wir waren noch nie am Meer.«

»Noch nie?« Nella kann sich ein Leben ohne Meer überhaupt nicht vorstellen.

»Wir haben immer nur Urlaub bei Oma gemacht«, sagt Tasha, die Kiran dabei so anschaut, als wäre es seine Schuld. »Aber Oma ist gestorben.«

»Oma hat in den Bergen gelebt«, ergänzt Kiran auf seine leise Art.

Nella überlegt gerade, was sie jetzt sagen soll, als ein Ruf hinter ihnen ertönt. Es sind die Eltern der Zwillinge, die sich kurz darauf bepackt mit einem Picknickkorb und einer Einkaufstüte neben ihnen im Sand niederlassen.

»Wir haben ein bisschen in der Stadt eingekauft und dachten uns, ihr habt bestimmt Hunger«, erklärt Frau Kelly und öffnet den Korb. Sie verteilt Trinken und Brötchen und Nella ist froh, denn den Muffin hat sie vorhin kaum angerührt.

Als sie aufgegessen hat, steht sie aber auf. »Ich gehe zurück. Bis später.«

Tasha nickt sie nur kurz an, ihre Eltern winken fröhlich und sagen, dass sie gleich nachkommen, der Einkauf müsse schließlich in die Mühle, in den Kühlschrank, nur Kiran blickt ihr hinterher, so als würde er am liebsten sofort mitkommen.

Nabil und seine Freunde sind nicht mehr da, aber als Nella oben auf dem Deich ankommt, sieht sie einen seiner Werbezettel für das Café Lakritz an der Bank, befestigt mit einem Klebestreifen flattert er hin und her.

Sie läuft die Treppen hinab und stutzt kurz am Tor, das offensteht. Sie ist sich sicher, dass sie es vorhin gut verschlossen hat. Es ist ein Privatweg, das kleine gelbe Schild mit diesem Hinweis ist extra deswegen im Tor befestigt worden, und niemand sonst benutzt ihn. Da die Kellys aber direkt aus dem Ort gekommen sind, können sie es nicht gewesen sein, oder?

Sie schaut sich in alle Richtungen um, aber niemand ist in der Nähe des Tors zu sehen. Nur die Spaziergänger auf dem Deich.

Langsam geht Nella nach Hause.

KAPITEL 7

Im Café wuseln Tilke, Mama und Opa herum wie aufgeschreckte Hühner, ganz so, als wären bereits unzählige Gäste da. Dabei sind noch alle Tische leer, die Eröffnung noch eine Stunde hin.

Tilke wischt alle Oberflächen ab, obwohl sie längst vor Sauberkeit glänzen, Mama rückt die Stühle zurecht, die bereits richtig stehen, Opa läuft von einer Ecke zur nächsten – was er eigentlich macht, das weiß Nella nicht so genau.

Irgendwann bleibt er stehen, kratzt sich am Kopf, schaut ratlos umher.

»Der Kuchen muss in die Vitrine!« Mama lässt den Stuhl los, den sie gerade einmal hin- und dann wieder hergerückt hat.

»Das machen Opa und ich«, sagt Nella schnell, bevor Mama in die Küche rennen kann.

Opa nickt erleichtert, ganz so, als wollte er genau das die

ganze Zeit schon machen. Er öffnet die gläserne Vitrine, die auf dem Tresen thront und Platz für sechs Kuchen hat, dann folgt er Nella durch die Schwingtüren in die Küche. Zwei Torten und vier Kuchen stehen bereit. Nella kennt jedes Backrezept ihrer Mutter, weiß genau, wie sie alle schmecken und würde dennoch am liebsten sofort von ihnen kosten. Vorsichtig hebt sie die Erdbeertorte und Opa den Schokoladenkuchen hoch. Sie platzieren sie in der Vitrine und holen noch die Karamellnusstorte, den herzhaften Spinatmöhrenkuchen, den Streuselkuchen. Die Muffins kommen in ein extra Fach ins Regal.

Mama flattert in ihrem Sommerkleid herum, so nervös, dass sie vor Aufregung fest zusammenzuckt, als jemand durch die Tür kommt, und aufgelöst ruft: »Es ist noch zu früh, wir haben doch gar nicht geöffnet!« Sie klingt, als würde sie nicht wissen, was sie nun zu tun hat.

»Ich bringe Einweihungsgeschenke.« Es ist Nabil, mit der Gitarre auf dem Rücken und einer großen Dose in den Händen.

Die Dose überreicht Nabil Mama, grinst dabei aber Tilke an, die noch immer mit Putzlappen um die Tische schleicht. Als sie Nabil bemerkt, erstarrt sie, läuft ganz rot an und bleibt einfach stocksteif stehen.

»Hallo«, sagt sie endlich und klingt ungewöhnlich leise, findet Nella, die ihre große Schwester das letzte Mal so rot gesehen hat, nachdem sie zehn Kilometer gejoggt war.

Mama mustert die Dose, die noch eingeschweißt ist, und schaut Nabil fragend an.

»Das ist Lakritz«, erklärt er. »Ich dachte, das braucht ihr vielleicht? Auch wenn es hier immer ein bisschen nach Lakritz riecht.« Er schielt kurz zu den Duftnelken, dann aber wieder zu Tilke. »Die habe ich von meinem Onkel.«

Mama nickt, Nabils Onkel hat einen kleinen Lebensmittelladen zwei Dörfer weiter.

»Kann ich etwas helfen?«, erkundigt sich Nabil.

»Im Moment können wir nur warten.« Mama klingt ganz außer Atem, dabei steht sie still. »Aber wenn es nachher voll wird, dann können wir bestimmt jede Unterstützung gebrauchen. Wenn …« Sie seufzt.

»Wir haben Werbung gemacht, bestimmt kommen ganz viele vorbei!«

Mama schluckt und lacht und nickt und wirbelt zurück in die Küche.

Und dann ist es drei Uhr. Nabil sitzt an einem Tisch und beobachtet Tilke, die so tut, als würde er sie nicht beobachten.

Nella steht auf der Terrasse und schaut zur Hofeinfahrt und hofft kurz, dass niemand kommt. Denn dann kann danach einfach alles werden, wie immer. Fast jedenfalls, müssen nur noch die Kellys wieder abreisen.

Kaum hat sie das gedacht, kommt die Gastfamilie auf die Terrasse. Kiran mit sonnenrötlicher Nase, Tasha mit einem gelangweilten Blick. Nur die Eltern strahlen zufrieden. Alle setzen sich hin, an den Tisch, der halb im Schatten, halb in der Sonne ist. Die Mutter hält Kiran eine Sonnenkappe hin, er setzt sie auf und zieht sie tief ins Gesicht.

Tilke bindet sich schnell eine Schürze um, schaut ein bisschen nervös zu Nabil und geht an den Tisch. »Möchtet ihr Kuchen?«, fragt sie die Kinder, zückt ihr Handy und hält den Finger über das Display zum Tippen. Nella weiß, dass sie es als Notizblock benutzt und die Bestellungen notiert.

Mama kommt aus der Küche, schneidet den bestellten Kuchen, kocht den gewünschten Kaffee und Nella soll die Limonade für die Kinder an den Tisch bringen.

Und dann kommen immer mehr Leute. Viele von ihnen kennt Nella, sie sind aus dem Ort, sind Schulkameraden oder Freunde. Aber auch ein paar Urlauber sind dabei, Fremde, die begeistert den Hühnern hinterherschauen, die frei herumlaufen, und zufrieden lächeln, wenn sie Mamas Kuchen essen.

Irgendwann ist jeder Tisch besetzt und der Kuchen längst alle, bevor das Café wieder schließen soll. Zum Glück hat Mama letzte Woche Eis gemacht, aus frischen Erdbeeren und Sahne, das jetzt gut verkauft wird. Opa, Nabil und Tilke haben die Bedienung übernommen, Nella schneidet den Kuchen und schöpft das Eis in Schalen, Mama läuft hauptsächlich aufgeregt hin und her.

Irgendwann stellt Opa eine große, gläserne Vase auf den Tresen: »Hier kommt unser Trinkgeld rein«, erklärt er allen. »Das kann dann später gerecht verteilt werden, denn auch die

Tresenkräfte arbeiten hart.« Er lächelt Nella an und zwinkert verschwörerisch.

Nabil grinst dankbar und lässt gleich ein paar Münzen aus seiner Hosentasche hineinklimpern.

Nella macht Pause, weil der Kuchen alle ist und Mama jetzt auch mal was machen kann. Deswegen setzt sie sich auf einen der Hocker am Tresen und schaut hinaus. Mittlerweile kennt sie keinen der Gäste mehr, nur noch Touristen sind da.

Halt, doch, einen erkennt sie wieder. Es ist der Mann aus der Bäckerei, vom Deich. Er hat endlich seine Anzugjacke ausgezogen, sitzt mit hochgekrempelten Hemdsärmeln da und blickt sich die ganze Zeit in alle Richtungen um, so als müsste er sich jeden Zentimeter der Terrasse merken.

Jetzt steht er auf und kommt in die Café-Scheune hinein. Er mustert die gläserne Scheunentür, betrachtet den Tresen und die beiden Türen, die zu den Toiletten führen. Er lächelt und nickt. Nella beachtet er gar nicht, sondern grüßt Opa und bezahlt seinen Tee direkt bei Mama.

Es ist Punkt sechs Uhr, als er geht, der letzte Gast.

Langsam folgt ihm Nella hinaus, zweiundzwanzig sehr langsame Schritte. Der Mann scheint auch draußen nichts von der Umgebung verpassen zu wollen. Er holt ein Handy aus der Tasche und geht nicht zum Ausgang, sondern zur Ecke der Terrasse und lugt herum, auf ihren Hof. Kurz denkt Nella, dass er telefonieren will, dann aber hält er das Gerät direkt auf die Mühle. Er macht Fotos.

Nella betrachtet den Mann genauso gebannt, wie der Mann die Mühle betrachtet. Erschrocken fährt sie deshalb herum, als direkt hinter ihr Kirans ruhige Stimme wispert: »Ist das nicht der Mann vom Deich heute Morgen?«

»Ist er«, bestätigt Nella.

Viele Urlauber fotografieren ihre Mühle. Vom Strand aus. Von der Straße aus. Einmal war sogar eine berühmte Malerin da, die die Windmühle mit Wasserfarben auf eine große Leinwand gemalt hat. Eine ganze Woche hat sie sich mit ihrem Klappstuhl vor die Mühle gesetzt und gemalt. Auch Nella selbst hat so viele Bilder von ihr, dass sie sie gar nicht mehr zählen kann und bestimmt ihr gesamtes Zimmer mit ihnen tapezieren könnte.

Mindestens.

Wer weiß in wie vielen Urlaubsfotoalben Bilder von ihren Flügeln sind? Darüber hat Nella schon oft nachgedacht. Es hat sie nie gestört.

Aber irgendwas stört sie jetzt.

Warum und was genau, das weiß sie nicht.

»Ich mag ihn nicht«, sagt Kiran.

Nella guckt ihn an. »Wieso?«, will sie wissen. Vielleicht kann er ihr erklären, warum es ihm so geht wie ihr.

Kiran aber zuckt nur mit den schmalen Schultern. »Ist so ein Gefühl«, murmelt er. Er will noch was sagen, das sieht Nella genau.

Doch da kommt Tasha angeschlendert und Kiran beißt sich

auf die Lippen, die sich zwar noch bewegen, aber kein Ton kommt mehr heraus.

»Was macht ihr?«, will Tasha wissen.

»Pssst«, zischt Kiran nur.

Bei dem Klang ihrer Stimmen fährt der Mann herum. Er mustert die drei, dann hält er sein Handy wieder in die Höhe und knipst unbeirrt weiter.

KAPITEL 8

Opa sitzt auf dem winzigen Sofa, das an einer Wand der Café-Scheune steht. Es ist bunt und schmal und eigentlich nur als Schmuck gedacht. Ein winziger Tisch steht daneben, mit Füßen, die aussehen wie Löwentatzen. Das Tischlein ist kitschig und passt doch in die neu renovierte Scheune. Ein altes Fischernetz hängt an der Wand darüber, das hat Nella einmal am Strand gefunden. Die Flut bringt viele Dinge an Land. Treibholz und Müll. Muscheln und Bernstein. Einmal sogar ein fast völlig intaktes Ruderboot. Und dieses Netz. Nella hat schon Münzen gefunden, Spielzeug und Dinge, von denen niemand weiß, was sie mal waren. Auf der kleinen Tischplatte steht die Trinkgeldvase, daneben mehrere Münzstapel.

Opas Kopf ist geneigt, sein Kinn liegt fast auf der Brust. Er schnarcht und Nella setzt sich vorsichtig neben ihn. »Opa«, wispert sie und schüttelt ihn leicht an der Schulter. »Abendessen ist fertig, kommst du?«

Opa zuckt ein bisschen zusammen, hebt seinen Kopf, lächelt. »Kristine, mein Schatz«, murmelt er, und sieht Nella an.

»Ich bin's doch, Nella«, sagt Nella, so verwirrt wie ihr Opa, als sie das sagt. »Nicht Mama.«

Opa lächelt immer noch, aber nur, weil er vergessen hat, damit aufzuhören. Er kneift seine Augen kurz zusammen. Dann aber entspannen sie sich wieder und er versucht aufzustehen. »Nella«, bestätigt er nach ein paar Sekunden. Nella hält ihm die Hand hin, er greift zu und mit einem leisen Ächzen erhebt er sich.

»Wie viel Trinkgeld haben wir gemacht?«, erkundigt sich Nella.

Opa schüttelt den Kopf. Gemeinsam betrachten sie die Münzen, dann betrachtet Nella Opas Gesicht. Er sieht traurig aus, er hat alles gezählt, und doch wieder vergessen, und schnell sagt sie: »Ist ja egal, ich zähle es nachher in Ruhe nochmal nach. Lass uns rübergehen, das Essen ist fertig.«

Nella hakt sich bei ihrem Großvater ein, zieht ihn mit und überlegt dabei, wie es sein muss, wenn das Gedächtnis verrücktspielt. Und dabei gleichzeitig zu bemerken, dass es das tut.

Opa schweigt die gesamten fünfundvierzig müden Schritte bis zum Küchentisch im Haus, setzt sich genauso wortlos an seinen Platz und Nella vermisst ihn. Den Opa, der immer so lustig ist, der Späße macht, der so viel lacht, der immer einen Plan, immer etwas zu erzählen hat.

»Ich habe heute Nabil einen Sommerjob im Café angeboten«, sagt Mama gerade zu Tilke. Sie stellt die Pizza in die Mitte des Tisches, dreht sich um, holt den Salat und sieht nicht, wie Tilke die Augen aufreißt.

»N-Nabil?«, stammelt Tilke, was sehr ungewöhnlich ist. Nella hat Tilke noch nie stammeln gehört, nicht mal, wenn sie behauptet, dass sie Mamas Kleider gar nicht ausgeliehen hat, und sie angeblich nicht weiß, warum die nun plötzlich zerknittert in Mamas Schrank liegen.

»Wenn unser Café weiterhin so gut besucht wird, dann können wir die Hilfe gebrauchen!« Sie strahlt in die Runde, ihr Blick bleibt bei ihrem Vater hängen, der zusammengesunken dasitzt, und das Strahlen verschwindet, wie ausgeknipst. »Dann muss Ocko nicht so viel mithelfen. Und Nella«, ergänzt sie noch und schneidet jedem ein Stück Pizza ab.

Nella isst, aber sie spricht nicht. Sie hört nicht mehr zu, weil Mama immer und immer wiederholt, wie gut die Eröffnung gelaufen ist, dass sie mehr Kuchen backen muss morgen und Eis machen, dass Tilke und Nabil so eine große Hilfe waren, dass die Mühlengäste so nett sind, und wie praktisch und wunderbar es doch ist, dass deren Kinder auch noch in Nellas Alter sind. Kurz macht Mama dann eine Pause, wartet auf Nellas Reaktion, auf eine Antwort, auf irgendwas.

Aber Nella sagt nichts. Auch nicht, als Mama ihr vorschlägt, dass sie morgen zusammen mit Opa Ocko und den Zwillingen eine Kutschfahrt machen sollten, das macht sie doch so gerne.

Weil Nella nicht spricht, wendet Mama sich schließlich wieder Tilke zu. »Nabil ist ein toller Typ«, sie legt den Kopf schief und mustert ihre große Tochter, die schon wieder ketchuprot anläuft, und Nella kann sich ein kleines Grinsen nun doch nicht verkneifen.

Ihre Schwester sieht das und zischt: »Was guckst du so?«

Nella hebt die Schultern, antwortet aber nichts, steht auf und sagt dann zu niemandem im Besonderen: »Ich gehe Amalie holen, vielleicht machen wir noch einen Spaziergang, sie war heute nur auf der Weide und hat viel zu wenig Bewegung bekommen.«

Kurz hofft sie, dass Opa mitkommt. Amalie ist sein Pferd, er hat die Stute seit sie ein Fohlen war. Aber Opa kommt nicht mit.

Sie geht hinaus.

Die Hühner sind bereits in ihrem Verschlag, pünktlich jeden Abend gehen sie nach Hause und Nella zählt nach. Alle elf Hühner sind da. Sie sichert die Tür und schlendert langsame, große und ganze neununddreißig Schritte zur Weide, nachdem sie aus dem Stall das Halfter geholt hat. Die Stute steht am Zaun, als warte sie schon lange, wahrscheinlich tut sie das auch, heute hat sich niemand um sie gekümmert.

Nella legt ihr das Halfter an, klettert über den Zaun und wandert mit ihr an der Leine zum Tor. Es ist windig geworden und der Wind bläst ihr den Meeresduft um die Nase. Zwischendurch aber gibt es immer wieder einen Hauch

Lakritz-Geruch, der von der Terrasse zu ihr herübergeblasen wird.

Nella führt Amalie über den Hof, bleibt kurz stehen, entschließt sich dann aber doch, mit ihr einen kleinen Spaziergang über den Deich zu machen. Das Klappern ihrer Hufe entspannt sie, sie zählt jetzt Amalies Hufschritte – klippeti-klapp – und verzählt sich bereits nach ein paar Sekunden.

Näher am Wasser ist der Wind noch stärker, pustet Nella ihr Haar ins Gesicht und verwirbelt Amalies Mähne. Nella wird es ein bisschen kalt. Ein gutes Gefühl nach der Hitze heute.

»He, kann ich reiten?«

Tasha steht plötzlich neben Nella, ganz aus der Puste, bestimmt ist sie ihr hinterhergerannt.

Nella schüttelt den Kopf und streicht sich die Haare hinter die Ohren, von wo sie ihr sofort wieder vor die Augen geblasen werden. »Amalie ist kein Reitpferd«, erwidert sie und sieht Kiran, der ein paar Meter entfernt steht, das Pferd prüfend mustert. »Aber sie kann für uns morgen die Kutsche ziehen.« Sie sagt das, weil sie weiß, dass Mama so lange von der Kutschfahrt für die Gäste reden wird, bis sie eine macht. Also kann sie es auch erwähnen.

»Kann ich sie führen?«, fragt Tasha Nella, die nickt und seufzt und ihr zeigt, wie sie das Halfter halten muss, nah am Maul mit einer Hand, die andere Hand am Ende der Leine.

»Komm«, sagt Nella zu Kiran. »Du kannst Amalie streicheln, am Hals, das mag sie.«

»Pah, das traut er sich doch nicht«, kommt es da von Tasha, die auch den nächsten Ausruf, eine weitere Beleidigung, schon auf der Zunge zu haben scheint.

Da macht Kiran die fünf Schritte auf das Pferd zu, und berührt es am Hals, ganz so wie Nella es ihm vormacht.

Er schaut Nella an, so etwas wie ein Lächeln im Gesicht, vielleicht aber ist es nur eine Grimasse, weil er sich so konzentriert und die Lippen zusammenkneift, denkt Nella. Sie nickt ihm zu.

Er streichelt das Pferd.

Und Tasha schluckt erstaunt ihren Ausruf herunter.

Sie laufen los, Kiran längst wieder auf Armeslänge von Amelie, den Blick aufs Meer gerichtet. Er atmet tief ein, das sieht Nella genau, und weiß, wie gut die salzige Luft tut. Sie macht es ihm nach, geht weiter. Tasha konzentriert sich auf das Pferd, kein einziger Blick Richtung Meer. Dabei beginnt es gerade im Abendsonnenschein zu glitzern, wie blau-graues Gold.

Der Wind wird immer stärker. Er hat längst die Urlauber vom Deich in ihre Ferienwohnungen zurückgeweht.

Und auch Nella macht bald kehrt. »Lasst uns zurückgehen«, sagt sie. »Es ist schon spät.«

KAPITEL 9

Der Wind weht immer weiter. Auch mitten in der Nacht bläst er noch über den Sternenhof hinweg, aber schwach jetzt, bald wird er nur noch eine Brise sein.

Trotzdem wird Nella wach. Von etwas wach. Von was nur? War es der Wind in den Mühlenflügeln? Hat das alte Haus irgendwo geknarzt und geknackt, was es manchmal tut, in den Balken, in den Dielen, in den Rohren in der Wand? Oder war es ein Ruf? Vielleicht doch nur ein Traum? Nella weiß es nicht, sie weiß nur, dass es sie geweckt hat.

Sie stellt sich ans Fenster. Aber ihr Fenster zeigt zur großen Weide, und da ist nichts, nur ein silbriger Halbmond an einem klaren Himmel, der schwaches Licht abgibt, in dem die grüne Wiese nun grau aussieht.

Sie steht auf, läuft zur Hintertür, schlüpft rasch in die dort stehenden Gummistiefel, und dann hinaus.

Auf dem Innenhof ist es dunkler, der Mond hier hinter der

Mühle versteckt. Nella lauscht. Wieder hört sie etwas, was nicht der Wind ist, nicht das Meer.

Leise schlurft sie Richtung Scheune, die Stiefel ohne Socken hart und unbequem, sie sitzen so viel zu locker. Die Gummistiefelschritte sind kurz und daher viele, die sie nun hierhin macht, und dorthin, bei dreiundzwanzig hört sie auf zu zählen. Aber als sie um die Ecke vom Schuppen kommt, stößt sie mit jemandem zusammen, der laut aufschreit. Nella meint kurz, ihr Herz hat aufgehört zu schlagen. Sie bleibt ganz stumm vor Schreck.

»Nella!«, keucht der jemand.

»Kiran«, wispert Nella erleichtert. »Was schleichst du hier herum?«

»Ich …« Kiran spricht weiter, aber so leise, dass Nella ihn nicht versteht. Dabei steht sie genau vor ihm.

»Was?«, wispert sie.

»Die Fledermäuse«, kommt die Antwort endlich.

»Was ist mit den Fledermäusen?« Nella schaut in den Himmel. Manchmal sieht man sie herumfliegen, kleine, flinke, schwarze Schatten am dunklen Nachthimmel. Sie sind so schnell, dass man schnell gucken muss, um sie zu entdecken. Jetzt sieht sie keine.

»Tasha hat gesagt, die Fledermäuse fliegen nachts unten in die Mühle rein und ins Bett, verfangen sich in meinen Haaren und …« Kiran verstummt, die Augen so groß wie Tischtennisbälle.

»Das ist Blödsinn«, erklärt Nella. »Die Fledermäuse fliegen oben aus einer Luke in die Nacht, um draußen Futter zu suchen. Den Rest der Zeit schlafen sie.«

Kiran schaut zur Mühle hinauf.

»Die können gar nicht runter in eure Zimmer. Da sind doch Decken eingezogen worden«, sagt Nella.

»Aber die Katze«, murmelt Kiran. »Warum darf die dann nicht rein?«

»Weil Ferris über das alte Gebälk vielleicht doch einen Weg hinauffinden könnte.«

Kiran sagt nichts.

»Katzen jagen Fledermäuse«, erklärt Nella weiter. »Aber zu euch ins Schlafzimmer fliegen die ganz bestimmt nicht.«

Auch wenn es dunkel ist, sieht Nella, wie Kirans Gesichtsausdruck sich ändert. Er sieht entspannter aus, gleichzeitig müde.

»Wie spät ist es?«, fragt er.

Nella hebt die Schultern. Sie hat keine Ahnung. Dafür hat sie auch eine Frage: »Warum ist Tasha eigentlich …«, fängt sie an, aber der Rest des Satzes – *immer so gemein zu dir* – muss warten. Denn Kiran packt Nella am Arm und fährt herum. Nella möchte wieder vor Schreck und ein bisschen vor Schmerz aufschreien, Kirans Griff ist ganz schön fest, aber der Schrei bleibt ihr auch diesmal im Hals stecken.

Da, hinter dem Tor und auf dem Pfad zum Deich, da ist was. Oder wer? Ist es eine dunkle Gestalt? Oder doch nur ein

Schatten, jetzt, wo der Mond mit einem Mal zwischen den Mühlenflügeln hindurchspickt?

»Was ist das?«, wispert Nella und rennt los.

Kiran, der sie noch immer am Arm hält, zieht sie wieder zurück. »Nicht was, sondern wer?«, flüstert Kiran.

»Hast du etwas bemerkt, bevor ich rausgekommen bin?«, entgegnet Nella.

Kiran schüttelt den Kopf, die Augen auf den Weg zum Meer gerichtet. Nella weiß nicht, was sie tun soll. Aber allein mitten in der Nacht auf dem Deich einem Fremden hinterherlaufen, der vielleicht nur ein Schatten war, das ist keine gute Idee.

Unschlüssig bleibt sie mitten im Hof stehen. Und mit einem Mal fährt Nella ein Gedanke in den Kopf. Was ist, wenn es wirklich ein Mensch war? Was ist, wenn es Opa Ocko war? Erst vor ein paar Tagen ist er bei Sonnenaufgang aufgestanden, wollte zur Arbeit im Hafen gehen, zu der Arbeit, die er seit über zehn Jahren nicht mehr macht, weil er längst in Rente ist, weil hier längst keine Schiffe mehr gebaut werden.

»Wir sollten wieder ins Bett gehen«, sagt sie zu Kiran, plötzlich hat sie es eilig, wieder ins Haus zu kommen. Sie geht die zehn Schritte mit Kiran bis zur Mühlentür mit, dann rennt sie ins Haus, schleicht leise durch die Küche in den hinteren Teil, wo Opa wohnt. Vorsichtig schiebt sie seine Schlafzimmertür auf, sie quietscht.

Hier hinten ist alles so alt wie Opa: Die Dielen auf dem Boden sind abgelaufen, die Möbel altmodisch mit verschnörkelten Schnitzereien und gedrechselten Möbelbeinen, die Gardinen selbst gehäkelt und nicht mehr weiß, sondern hellgelb, obwohl sie immer wieder gewaschen werden. Opa sagt, alles ist genau richtig für ihn, so wie es ist.

Und er ist da, ihr Großvater. Er liegt auf dem Rücken in dem riesigen Doppelbett, die Augen zu, die Atmung ruhig.

Nella atmet jetzt auch endlich ruhig, erleichtert.

Aber nur kurz, dann wird ihr Atem wieder schneller. Wenn es aber Opa nicht war, wer – oder was – war dann da draußen?

KAPITEL 10

Nella hat verschlafen. Das merkt sie sofort, als sie die Augen aufmacht. Die Sonne steht schon viel höher als sonst und scheint ihr durchs Fenster direkt ins Gesicht. Sie hört Möwen schreien, keinen Wind und ein Schnaufen vor ihrem Fenster, das zur Pferdeweide hinausschaut.

»Amalie«, murmelt sie und fährt in die Höhe.

Dabei sind doch Ferien, ist doch egal, wie lange sie schläft. Trotzdem kann sie sich nicht entspannen. Sie steht auf und geht in den Flur. Niemand ist im Haus, da ist nur Stille.

Schnell zieht sie sich an und geht hinaus. Die Hühner picken zufrieden Futter vom Boden vor ihrem Gehege, von Ferris keine Spur.

Langsam schlendert sie zum Café, bestimmt sind alle dort. Und so ist es auch. Sogar der Kater. Er frisst aus einem Napf auf der Terrasse, Tasha steht mit der Futterdose daneben und guckt zufrieden.

»Ferris' Futterplatz ist eigentlich am Haus«, sagt Nella.

»Tasha wollte ihn so gerne füttern!« Mama steht in der Scheunentür. »Da dachte ich …« Statt den Satz zu beenden, zeigt sie auf Tasha und hebt lächelnd die Hände.

Tasha grinst und schaut Nella an ohne zu blinzeln und es fühlt sich an, als sehe sie in Nella hinein. Als sehe sie genau, dass ihr, Nella, das gar nicht gefällt, dass es doch ihr Kater ist, und ihre Aufgabe ihn zu füttern. Es ist, als sehe Tasha ebenso, dass Nella diese Aufgabe nicht teilen will, genauso wenig wie ihr Zuhause.

Mama scheint das auch zu sehen, sie macht einen Schritt auf Nella zu und schaut sie an, fast flehentlich, die Hände ineinander verschränkt, hoffend, dass Nella nichts weiter dazu sagt.

Nella atmet drei Mal tief durch und geht langsam zum gedeckten Frühstückstisch, an dem Kiran, seine Eltern und Opa sitzen. In der Scheune duftet es nach warmen Kuchen, nach frisch gebackenen Brötchen, sogar der Lakritz-Geruch schafft es kaum, dagegen anzuduften.

»Nella!« Opa strahlt sie an. »Gut geschlafen?«

Nella schielt zu Kiran. »Es geht«, murmelt sie und Kiran lächelt sie leise an. Es ist so ein Lächeln, das man nur lächeln kann, wenn man ein gemeinsames Geheimnis hat.

Nella nickt. Also hat Kiran auch niemandem von ihrer nächtlichen Begegnung erzählt.

Tilke kommt aus der Küche, eine Kanne Kakao in der

Hand. Sie stellt sie mitten auf den Tisch, zieht Nella mit sich fort und drückt ihr beim Tresen ein Stück Kreide und ein Büchlein in die Hand. »Schreibst du bitte die Gezeiten auf die Tafel?«, sagt sie und klingt gehetzt, ihre Lippen viel röter als sonst, ihre Augenlider blau.

»Hast du dich geschminkt?«, fragt Nella verwundert.

Tilke nuschelt was Unverständliches und verschwindet wieder hinter den Schwingtüren. Nella blättert die richtige Seite auf und schreibt die Uhrzeiten für Hoch- und Niedrigwasser auf, in ihrer besten Schönschrift. Dann dreht sie sich um, geht zum Tisch, steht unschlüssig neben Opa. Dem Opa, der ganz und gar der richtige Opa ist. Ihr Opa Ocko, der von der Küste erzählt, von Wattwürmern und vom Ort, von den Menschen hier und heute, den Piraten hier von damals, der nicht für eine Minute so wirkt, als hätte er jemals irgendwas Wichtiges vergessen. So was wie Nellas Namen. Oder sein Pferd im Stall. Oder dass er schon lange keine Schiffe mehr im Hafen baut.

»Heute Nachmittag, bei Ebbe, machen wir unsere Kutschfahrt über das Watt«, sagt er zu Nella und zwinkert ihr zu. »Die Zwillinge und du und ich.«

Tasha, die endlich mit dem Füttern fertig ist und wieder am Tisch sitzt, nickt. Kiran schaut skeptisch.

»Kann ich die Zügel halten?«, erkundigt sich Tasha und lacht auf, als Ferris ihr in den Schoß springt.

Verräter, denkt Nella und guckt nicht hin.

Nella nimmt sich ein Brötchen aus dem Korb und geht auf

die Terrasse hinaus, hält die Nase in die Sonne, beißt hinein. Mamas Brötchen sind so lecker, da braucht man nichts draufschmieren.

»Wer oder was war das gestern Nacht?«

Nella zuckt zusammen, als Kiran neben ihr flüstert, dann zuckt sie mit den Schultern. »Vielleicht nur ein Schatten, einer der Büsche dort im Mondlicht und im Wind«, antwortet sie. »Oder nur ein Urlauber, der sich verlaufen hat?«, sagt sie, hofft sie. Wer oder was denn sonst?

Kiran erwidert nichts, bleibt schweigend neben ihr stehen. Eine ganze Weile verharren sie so und es fühlt sich okay an, nebeneinander dazustehen, durch die Duftnesseln hindurch auf den Hof zu schauen, an die letzte Nacht zu denken.

»Was redet ihr da?« Tasha steht plötzlich neben ihnen.

»Nichts«, meint Nella.

Und das stimmt ja auch.

Ein paar Minuten später brechen die Kellys auf. Sie wollen den Hafen besuchen. Und Nella fühlt sich irgendwie erleichtert. Und doch bleibt sie ratlos mitten auf der Terrasse stehen. Was jetzt? Mama und Opa und Tilke räumen ab, sie wollen noch mehr backen und die Scheune fegen und planen, welche Kuchen es in den nächsten Tagen geben soll.

Und sie?

»Genieß deine Ferien«, sagt Mama. »Nachher ist ja wieder das Café geöffnet, dann brauchen wir dich hier. Aber jetzt …«

Sie gibt Nella einen Kuss, streicht ihr die Haare hinter die Ohren, geht zu ihren Kuchen.

Nella hat den Sternenhof für sich.

Aber es fühlt sich nicht so an, wie es sollte. Es fühlt sich fremd an, ihr Zuhause, die Mühle nicht mehr ihre. Anders und ungewohnt. Dieses neue Gefühl ist wie eine Haube, die sie einhüllt, genau wie der Geruch von Lakritz, der nun wieder an ihrer Nase vorbeizieht.

Sie dreht sich um, geht los, ein Schritt nach dem anderen.

Eine Weile läuft sie nur unschlüssig auf dem Hof herum. Aber die Tiere sind alle versorgt, die anderen alle beschäftigt, also geht sie zum Meer. Denn das Meer kann so vieles. Es tröstet und kühlt, mit seinem Wind pustet es den Kopf frei, es hört zu und spült mit seinen Wellen alles Mögliche an Land.

Irgendwie hat Nella gehofft, vielleicht doch einen Hinweis auf die Gestalt von gestern Nacht zu finden, aber der Pfad zum Deich ist wie immer, da kann man keine Spuren erkennen, der Sand viel zu weich und fein dafür. Das Tor ist verschlossen, nichts deutet darauf hin, dass irgendwer hier war. Und die Büsche können nicht reden.

Es ist längst Hochwasser, es ist längst wieder heiß, der Strand längst voll mit Besuchern. In ein paar Stunden wird der helle, trockene, feine Sand aufgeheizt sein wie Glut und man muss darüberrennen, wenn man sich die Fußsohlen nicht verbrennen will.

Nella stellt sich an die Wasserkante, lässt ihre Füße umspülen, nur kurz, dann geht sie ein Stück am Wasser entlang. Erst in eine Richtung, dann in die andere. Sie sieht Muscheln und Steine, aber nicht ein Mal bückt sie sich, um sie aufzuheben. Nichts zieht sie an, nichts erweckt ihre Neugier. Das Meer will ihr heute nicht helfen, Nella fühlt sich ruhelos, das Rauschen der Wellen wirkt nicht.

Irgendwann und bestimmt vierzehn Seufzer später, kehrt Nella dem Wasser den Rücken, schlendert langsame, große Schritte zur Mühle zurück, nicht mal zählen mag sie sie gerade. Sie fühlt sich ungeduldig, ratlos. *Ob sich so Langeweile anfühlt?*, überlegt Nella. Und plötzlich sehnt sie sich nach Gesellschaft.

Der Zettel mit der Werbung für das Café Lakritz hängt nicht mehr an der Bank oben auf dem Deich, jemand hat ihn abgerissen, da klebt nur das Stück Tesafilm mit einer winzigen Ecke Papier daran. Sie blickt zur Sonne, es ist bestimmt schon nach Mittag, das erkennt sie an ihrem Stand. War sie doch viel länger am Meer, als es sich angefühlt hat?

Zurück auf dem Hof sucht Nella Opa Ocko. Er ist wieder im Schuppen und werkelt an der Kutsche, die hintere Sitzbank ist locker. Opa steht daneben, rüttelt an den Holzbrettern, die die Sitzfläche sind, öffnet den Werkzeugkasten. Als er Nella sieht, zwinkert er ihr zu. Wortlos reicht er ihr den Schraubenzieher, deutet auf eine Schraube und Nella schraubt. Sie sucht den Hammer, die Nägel, und vertraut und zufrieden arbeiten sie gemeinsam. Seitdem Nella etwas halten kann, hat sie Opa bei seinen Reparaturarbeiten geholfen. Sie kennt den Namen jedes Werkzeuges in dem alten Kasten, weiß oft schon, was er braucht, bevor er es sagt. Als die Sitzbank stabil ist, prüfen sie gemeinsam noch das Zaumzeug, legen es für später zurecht und nicken sich zufrieden zu, als alles fertig ist.

»Die Ebbe kann kommen«, sagt Opa und Nella lacht.

»Heute, wenn das Café schließt, fahren wir los«, fährt er fort.

In dem Moment weht eine leise Melodie zu ihnen herüber. Gitarrenmusik. Sie kommt von der Café-Terrasse und klingt wie eine Einladung.

KAPITEL 11

Nabil sitzt an einem der kleinen Tische im Schatten der riesigen Pflanzenkübel und spielt Gitarre. Leise, so als würde er niemanden stören wollen.

»Hallo«, begrüßt ihn Nella und Nabil zupft drei Töne, die wie eine Begrüßung klingen.

In der großen, gläsernen Scheunentür erscheint Tilke, mit Schürze über dem bunten Sommerkleid, das ihr so gut steht, dabei gehört es eigentlich Mama, ein Tablett mit Blumentöpfchen in er Hand, die sie einzeln auf den Tischen verteilt. Sie schaut starr geradeaus, nicht zu Nella, schon gar nicht zu Nabil.

Und kaum läuft sie über die Terrasse, spielt Nabil eine neue Melodie, leicht und hoch, sie klingt tippelnd, wie Schritte. Nella zählt die Noten und lacht, weil sie versteht, was er macht. Nabil spielt Tilkes Schritte, die mal schneller, mal langsamer werden, die stoppen, wenn sie einen Blumentopf abstellt.

Tilke versteht die Musik auch und wird so rot wie ihr Lippenstift. Nella lacht noch einmal auf, guckt ihre Schwester an und Tilke fährt zu ihr herum. Sie kommt auf Nella zu – die Musik wird kurz schnell – beugt sich an ihr Ohr und zischt: »Warum guckt du denn so? Wie … wie ein Gonger?!«

Tilke ist nie gemein, nur wenn ihr etwas peinlich ist.

»Selber Gonger«, erwidert Nella.

»Was ist denn ein Gonger?« Tasha und Kiran tauchen zwischen den Kübeln auf und Tasha hat das natürlich gefragt. Kiran scheint nie gerne zu reden, wenn seine Zwillingsschwester dabei ist.

»Ein Gonger ist ein Geist«, erklärt Nella ihnen die norddeutsche Sagenfigur, »so was wie ein Zombie aus dem Meer.«

»Iiih«, macht Tasha und Nabil spielt kurz Zombiemusik: tief und langsam und gruselig.

Kiran wird ganz blass. Und Tilke flieht wieder in die Scheune.

Nellas Magen knurrt und als hätte Mama das bis durch die Schwingtüren gehört, kommt sie genau in dem Augenblick mit belegten Brötchen, Obst und winzigen Keksen hinaus, so klein, dass sie nur ein einziger Bissen sind. Nella riecht daran. Bildet sie sich das ein? »Die riechen nach Lakritz«, sagt sie und merkt, dass sie ganz vorwurfsvoll klingt.

»Ihr müsst mal probieren und mir eure Meinung sagen«, erklärt sie. »Das sind Aniskekse, und ich dachte, die passen doch zu uns?« Sie endet den Satz mit einem Fragezeichen, deutet über die Scheunentür, dorthin, wo kein Schild mit dem Namen des Cafés hängt, weil sie einfach noch keins haben.

Nabil legt das Instrument beiseite, schnappt sich einen der kleinen Kekse, kaut und nickt. »Gut«, urteilt er knapp.

Mama strahlt erleichtert, ruft noch »greift alle zu« und läuft wieder rein, nur um kurz darauf wieder rauszukommen: Sie hält zwei Äpfel in der Hand. »Ich habe Apfelkuchen gemacht, die sind übrig. Für euch, oder für Amalie.« Sie zwinkert Tasha zu, die sofort nach den Äpfeln greift.

»Wir gehen das Pferd füttern«, bestimmt sie, schaut ihren Bruder herausfordernd an und hält ihm einen der Äpfel hin. »Gibst du das dem Pferd?«

Kiran betrachtet den Apfel, seine Lippen bewegen sich, kein Ton kommt hervor.

Nella springt auf. Sie weiß, dass Kiran vor Tieren Angst hat. Sie lächelt ihn an, genau deswegen, weil sie das weiß, nickt ihm zu und sagt: »Kommt, wir gehen zur Weide, gestern hast du Amalie ja schon gestreichelt.«

Kiran scheint sich jetzt auch daran zu erinnern, nimmt den Apfel und kommt mit. »Ob das so ein Gonger war gestern Nacht?«, fragt er Nella unterwegs, leise, damit Tasha ihn nicht hört.

»Gonger sind Geister«, wiederholt Nella noch einmal. »Und Geister gibt es nicht.«

Kiran sieht aus, als ob er sich da nicht so sicher ist. Doch er kommt nicht dazu, noch etwas zu sagen, weil sie nun bereits vor dem Pferd stehen. Nella findet, Kiran sieht beim Anblick von Amalie ängstlicher aus als bei dem Gedanken an einen Zombiegeist, der nachts auf dem Hof herumstreunt.

Tasha tätschelt den Hals der Stute, die den Apfel in ihrer Hand längst gesehen hat und den Kopf in Vorfreude neigt. Doch Tasha schaut abwartend zu ihrem Bruder, die Augenbrauen erhoben. »Und? Traust du dich?«, fragt sie in einem Ton, der danach klingt, dass sie bereits ganz genau weiß, dass er sich eben nicht traut.

Nella ignoriert Tasha und hält ihre flache Hand hoch. »So«, sagt sie zu Kiran. »So hältst du Amalie den Apfel hin. Da passiert gar nichts. Glaub mir. Nur dass Amalie sich darüber freuen wird. Und ihre Lippen sind ganz weich, das kitzelt höchstens.«

Tasha schnauft und Nella lächelt Kiran zu. Er öffnet seine Hand, balanciert den Apfel darauf. Er schaut nicht ein einziges Mal zu seiner Schwester, sondern nur auf die eigene Handfläche, die er nun zu Amalies Maul hochhält.

Und noch bevor Kiran es sich anders überlegen kann, hat die alte Stute die Frucht geschnappt und kaut mit ihren großen Zähnen nun glücklich und ziemlich schmatzend darauf herum.

Und genauso glücklich, nur nicht schmatzend, schaut Kiran Nella an. Sie hält ihre Hand hoch und grinst. »High Five.«

Kiran schlägt ein.

Tasha macht leise »Pah«, aber das interessiert niemanden.

»Seit wann hast du keine Angst vor Tieren mehr?«, kann Tasha dann doch nicht lassen zu fragen.

»Seit wann magst du Tiere?«, fragt Kiran, statt darauf zu antworten, bestimmt, weil er immer noch Angst vor Tieren hat. Das kann Nella an seinem Seitenblick sehen, den er der Stute zuwirft, den Schritt, den er beiseite macht, weil Amalie seine Hand sucht, auf noch einen Apfel hofft.

»Hier gibt's ja nichts anderes als Tiere«, sagt Tasha. »Und Sand.«

Motorengeräusch unterbricht sie, es kommt von der anderen Hofseite, von der Einfahrt neben dem Café.

Besucher für das Café, denkt Nella. Ihr wird ganz übel und dann fällt ihr ein, dass sie gar nichts von den Brötchen gegessen hat. Bestimmt ist es nur der Hunger.

»Und jetzt?«, will Tasha wissen.

»Ich gehe zurück zur Scheune«, sagt Nella, dreht sich um, läuft los. Nach nur sieben Schritten hört sie die beiden hinter sich.

Kiran und Tasha folgen ihr.

Und Nella seufzt.

In der Einfahrt steht ein silberner, offener Sportwagen, schick und glänzend in der Nachmittagssonne, mit dunklen Scheiben. Der Mann von gestern steigt aus. Heute trägt er keinen Anzug, sondern eine kurze Hose und ein kurzärmeliges Hemd. Es wirkt wie eine Verkleidung, fährt es Nella in den

Kopf. Zu dem Auto hat der schwarze Anzug irgendwie besser gepasst.

Mit dem Handy am Ohr, geht er auf die Terrasse, setzt sich an einen Tisch und lehnt sich lächelnd zurück, ganz so, als wäre er hier zu Hause.

KAPITEL 12

»Warum ist der schon wieder hier?«, fragt Nella, aber da die Zwillinge gar nicht mehr hinter ihr sind, spricht sie mit sich selbst.

»Weil der Kuchen deiner Mutter so gut ist!« Nabil rauscht an Nella vorbei, einen winzigen Block in der Hand, um die Bestellung aufzunehmen.

Die Brötchen sind nicht mehr auf dem Tisch und Nella macht sich auf die Suche nach ihnen. Tilke steht am Tresen, rückt Teller und Tassen hin und her und hält ihre Hand auf, um den Zettel mit Nabils Bestellung entgegenzunehmen. Sie guckt ihn nicht an, erst, als er ihr keinen Zettel in die Hand drückt, da muss sie es ja.

»Der Typ will nur einen Tee«, sagt Nabil. »Das konnte ich mir merken, ohne es aufzuschreiben.« Er grinst und Tilke grinst zurück, sie schauen sich lange an.

»Sind noch Brötchen übrig?«, erkundigt sich Nella und Tilke erschrickt, erinnert sich, dass sie Tee kochen muss und antwortet: »In der Küche.«

Zwei Brötchen, ein winziges Walnuss-Tortenstück und zwei Aniskekse später, die tatsächlich ganz lecker waren, geht Nella zurück in die Scheune.

Jeder Platz ist jetzt besetzt und Nabil flitzt im Zickzack zwischen den Tischen entlang. Tilke und Opa sind hinter dem Tresen und beladen Tabletts mit Getränken und Kuchen und Eis, beide zu beschäftigt, um aufzuschauen. Mama steht an dem Tisch des Mannes mit dem silbernen Auto in ein Gespräch vertieft, mehrere leere Teller in den Händen, die sie gestapelt vor ihrem Körper hochhält.

Nella möchte hören, was sie sagen, aber da rauscht Nabil an und drückt ihr ein Tablett in die Hand, beladen mit Eisschalen und einem Kaffee, der in der Tasse Wellen schlägt wie das Meer bei einem Sturm.

»Könntest du das bitte an Tisch drei bringen«, fragt er sie und klingt ein kleines bisschen außer Atem.

»Tisch drei?« Nella ist verwirrt und Nabil erklärt ihr schnell, dass er alle Tische nummeriert hat, von hinten nach vorne und von rechts nach links.

»So ist es einfacher, sich zu merken, wo was hinmuss«, fügt er hinzu und rennt schon wieder zurück zum Tresen, die nächste Bestellung abholen.

Tisch drei ist gleich neben den Scheunentüren auf der Terrasse und Nella balanciert das schwere Tablett dahin. Eine Kaffeewelle platscht jetzt über den Tassenrand.

»Nella!«, wird sie freundlich begrüßt und Nella erkennt ihre alte Grundschullehrerin Frau Seidenschuh mit ihren beiden kleinen Kindern.

Nella lächelt, verteilt die beiden Eisschälchen und versucht zu lauschen, was Mama und der Mann am Tisch daneben besprechen.

Aber die Lehrerin fragt Nella aus. Sie fragt, wie es ihr geht auf der weiterführenden Schule, auf dem neuen Sternenhof und ob sie schöne Ferien hat. Sie schwärmt von Mamas Kuchen, ist begeistert von dem selbst gemachten Eis. Sie freut sich, dass es endlich ein so schönes Café hier gibt, denn neben den beiden Tischen der Bäckerei gibt es ja keinen Ort, wo man in Ruhe einen Kaffee trinken kann. Und auch ihre beiden Kinder reden drauflos, bereits mit Eisbärten um ihre Münder. Sie plaudern über die Hühner hinter der Terrasse und über Ferris, der sich gerade zwischen den Kübeln sonnt, ganz so, als wäre es das ruhigste Plätzchen weit und breit, und keine mit Gästen vollbepackte Café-Terrasse.

Nella kann also kein Wort von dem Gespräch verstehen, das sie unbedingt belauschen möchte. Und gerade als die Lehrerin und ihre Kinder endlich lächeln und schweigen, denn sie wollen ja ihren Kuchen, ihr Eis aufessen, da dreht Mama sich um. Sie läuft an Nella vorbei in die Scheune, ein eingefrorenes Lächeln im Gesicht, mit den Gedanken sonstwo. Weit weg müssen sie sein, denn Mama sieht Nella gar nicht, sie starrt nur geradeaus.

Der Mann hingegen sieht zufrieden aus, er schlürft seinen Tee, stellt die leere Tasse ab, steht auf und geht.

Jetzt da der Mann weg ist, der Tisch leer, sieht Nella, dass Familie Kelly dahinter sitzt. Nella geht zu ihnen hinüber.

»Haben Sie schon bestellt?«, fragt sie.

»Ne, kommt ja keiner vorbei.« Das sagt natürlich Tasha.

»Ich bin ja jetzt hier.« Nella merkt, dass sie im gleichen Ton antwortet und schluckt. Aber dann entschließt sie sich, kein schlechtes Gewissen zu haben. Wenn Tasha unfreundlich ist, dann ist sie es auch.

Kurz sagt jetzt niemand mehr was, obwohl Kiran die Augen schließt und ihr Vater Tasha einen mahnenden Blick zuwirft. Aber die merkt das gar nicht, bestellt Zitroneneis, steht auf, hockt sich zu Ferris und streicht ihm über das sonnenwarme Fell.

Nachdem die anderen auch bestellt haben, beugt sich Nella zu Kiran und fragt: »Kommst du mal?«

Kiran nickt, steht auf, folgt Nella hinein. »Konntest du hören, was der Mann mit Mama besprochen hat?«, fragt sie sofort.

Kiran weiß gleich, wen Nella meint. Er nickt und hebt aber gleichzeitig ein wenig die Schultern. »Nicht viel, leider. Tasha hat sich die ganze Zeit darüber beschwert, wie langweilig es ihr ist.«

»Ist dir auch langweilig hier?«, will Nella wissen und hebt fragend ihre Augenbrauen.

Kiran schüttelt den Kopf, ein Lächeln auf den Lippen. Er will noch etwas sagen, aber Nella erkundigt sich schnell: »Was haben die nun besprochen?« Denn die Lehrerin hat ihren Arm gehoben, winkt Nella zu und zeigt auf die Kinder. Ganz eindeutig möchte sie noch etwas bestellen. Nella nickt und schaut dann Kiran an.

»Ich habe nur gehört, wie deine Mutter gesagt hat, ›Dieser Hof ist Familienbesitz‹.«

Nella denkt darüber nach, aber findet nichts Besonderes daran, denn dass der Sternenhof ihnen gehört, weiß hier jeder.

Kiran fährt fort: »Mehr konnte ich nicht verstehen, weil Tasha …«

»Weil ich was?« Tasha steht mit einem Mal neben ihnen.

»Nichts«, murmelt Kiran und Nella dreht sich um, geht zum Tisch der Lehrerin und dann hinein, um ihre und die Bestellung der Kellys zu holen.

Eine ganze Weile lang weiß Nella danach nicht, wo ihr der Kopf steht: Gäste kommen und gehen, nie ist ein Tisch lange frei, und es ist ununterbrochen etwas zu tun.

Tilke und Nabil haben getauscht und Nabil steht jetzt hinter dem Tresen. Tilke trägt die Bestellungen aus. Opa räumt ab und Nella schneidet den Kuchen.

Tasha ist mit ihren Eltern kurz zum Supermarkt gefahren,

nur Kiran ist geblieben und hat irgendwann angefangen, beim Abräumen des gebrauchten Geschirrs zu helfen.

Und als der Kuchen alle ist, die Sonne tiefer steht und das Trinkgeldglas fast bis zur Hälfte gefüllt ist, dann ist endlich Feierabend.

Mama steht mitten in der Scheune. »Das war ein Erfolg«, sagt sie und schaut in die Runde, strahlend, mit entspannten Händen und ihrer zerzausten Frisur. Dann holt sie das restliche Zitroneneis und die Schälchen aus der Küche, und drückt jedem eine in die Hand. »Kuchen kann ich leider nicht mehr anbieten. Morgen sollte ich wohl noch mehr backen.«

»Ich helfe dir«, sagt Opa Ocko, nickt zufrieden und lässt sich auf einen Stuhl sinken.

Nabil und Tilke schauen sich an, als gehöre ihnen das Glück, sie grinsen und Kiran wispert neben Nellas Ohr: »Ich habe das Gefühl, mehrere Kilometer gelaufen zu sein.«

Nella lacht. Das kann gar nicht sein. Einen Kilometer laufen hieße, mindestens 1670 Schritte gelaufen zu sein. Aber auch sie spürt ihre Füße und setzt sich zu Opa an den Tisch, Nabil und Tilke stellen einen weiteren Tisch daran und setzen sich auch.

Mama hat kaum den Stuhl berührt, da springt sie aber schon wieder auf und ruft: »Noch nicht essen, wartet.« Sie läuft zum Tresen und als sie zurückkommt, garniert sie jede Zitroneneiskugel mit einem der kleinen Lakritz-Herzen, die Nabil mitgebracht hat. »Auf unser Café Lakritz.«

Kurz steht Kiran unschlüssig daneben. Nella deutet mit ihrem Kinn auf den freien Stuhl neben sich. Endlich setzt er sich.

Alle schweigen und löffeln ihr Eis.

Es ist ein gutes Schweigen, findet Nella, wundert sich gleichzeitig über ihren Gedanken, und legt schnell das Lakritz-Herz unangetastet an den Rand ihrer Schale. Sie lehnt sich zurück, blickt sich in alle Richtungen um, dann zurück zu ihren Tischgenossen. Alle sehen zufrieden aus. Und Nella weiß, dass sie es auch tut. Sie lächelt Mama an.

KAPITEL 13

Mama räumt die Eisschalen in die Spülmaschine, schaut auf die Uhr. »Es ist Ebbe. Lauf ruhig los, ich mache hier alles fertig. Opa Ocko ist bestimmt schon bei der Kutsche.« Sie lächelt Nella an. »Du hast mir wirklich viel geholfen heute. Und Kiran auch. Danke.«

Nella nickt.

»Es haben heute schon mehrere Leute nach unserer Ferienwohnung gefragt«, führt Mama das Gespräch dann fort, fröhlich, obwohl Nella doch eigentlich zu Opa gehen soll.

»Hat dich dieser eine seltsame Mann nach der Wohnung gefragt?«, erkundigt sich Nella.

»Welcher seltsame Mann? Es haben mich bestimmt drei Männer nach der Wohnung gefragt, und seltsamer als andere waren die nicht«, erwidert Mama. »Und vier Frauen.« Sie lacht über sich selbst, weil sie sich das so genau gemerkt hat. »Nabil hat vorgeschlagen, dass er uns Visitenkarten macht und eine Homepage und uns auf Portalen im Internet anmeldet, wo man Ferienwohnungen vermieten kann. So können wir noch mehr Leute auf den Sternenhof aufmerksam machen als nur über die Anzeige bei unserer Touristeninformation.« Mama spricht ganz schnell und ohne Punkt und Komma oder Pause. »Zum Glück hatte er noch von den Flyern, die haben wir heute erst mal verteilt mit unserer Telefonnummer darauf.« Sie holt endlich Luft.

»Ich meine den Mann, der in diesem Sportwagen gekommen ist«, lenkt Nella Mamas Gedanken zurück zu ihrer Frage und sieht, wie Mamas Stirn sich jetzt wellt, ihr Lächeln ein bisschen verschwindet.

»Nelllaha.« Opas Stimme schallt über den Hof.

»Lauf schon«, sagt Mama und Nella hat das Gefühl, dass sie erleichtert ist, die Frage nicht beantworten zu müssen.

Opa wartet auf sie, Amalie steht geduldig da, längst eingespannt und bereit, die kleine Kutsche zu ziehen.

Opa trägt seinen alten Sonnenhut, der ihn wie einen Angler aussehen lässt. Er legt einen Arm um Nellas Schulter und Nella legt einen Arm um Amalies Hals, und so stehen sie da, zu dritt.

Und für einen Augenblick ist alles ganz genau so, wie es sein soll. Der perfekte Ferienmoment. Opa Ocko ist, wie er immer war, mit tanzenden Augen und der besten Umarmung der Welt. Amalie duftet warm nach Pferdefell und Sommerwiese, das Kreischen der Möwen über ihnen das einzige Geräusch. Es erinnert ans Meer.

Eine Tür knallt. Nella fährt zusammen, Opa lässt seinen Arm sinken. Tasha kommt aus der Mühle gestürmt und läuft auf sie zu, ein paar Meter hinter ihr Kiran mit den beiden Eltern. Tasha steigt sofort in die Kutsche, setzt sich nach vorne. »Kann ich die Zügel halten?«

Opa lacht und fragt: »Bist du schon mal Kutsche gefahren?«

Tasha schüttelt den Kopf.

»Dann zeige ich es dir, aber erst, wenn wir auf dem Watt sind und viel Platz haben, denn das Lenken und Führen will gelernt sein.« Ocko setzt sich neben Tasha und Nella streicht noch einmal über den warmen Hals des Pferdes.

Die Kutsche ist klein und die hintere Bank eng, mit wenig Platz für die Füße, Nella und Kiran passen da gerade so nebeneinander drauf.

»Wenn Sie mögen, nehme ich Sie ein andermal mit«, sagt Opa zu den Eltern, die winken und lächeln. Dann schnalzt er einmal, hebt leicht die Zügel und Amalie erkennt das Signal. Langsam setzt sie sich in Bewegung.

Die Kutsche kann natürlich nicht über den kleinen Pfad fahren, darum geht es zur Ausfahrt hinaus auf die Straße und dort dann einige Meter weiter. Irgendwann kommt ein Weg, breit genug, der direkt auf den Strand führt. Hier ist der Deich unterbrochen und ein Fluttor eingebaut, das immer offen steht. Sie sind weit genug weg vom Ort, wo kaum noch jemand unterwegs ist. Die Urlauber sind zur Abendbrotzeit in ihren Unterkünften. Nur zwei Hundespaziergänger sind zu sehen. Opa winkt ihnen zu. Es sind Leute aus dem Ort, sie winken fröhlich zurück.

»Die letzte große Flut ist zum Glück lange, lange her«, erzählt er, als sie durch das Tor hindurchfahren, aber Tasha hört nicht richtig zu, sie hält die Hand nach den Zügeln auf.

Opa sieht es nicht oder tut nur so, lenkt die Kutsche über den Sand auf das Watt. Eine leichte Bewegung von Opa, ein leises »Brrrr«, und Amalie hält an, schnauft und wartet geduldig.

Während Opa Tasha erklärt, was sie zu tun hat, starrt Kiran über den welligen Meeresboden in die Ferne, und Nella fragt sich, was er wohl denkt.

Mit einem Ruck geht es weiter, Tasha jauchzt auf und lacht und klingt überhaupt nicht wie jemand, der gemein sein kann. Opa Ocko erklärt noch ein bisschen weiter, über Zügel und Kutschen und Wattpferde: »Wir dürfen nicht zu weit hinausfahren. Wenn das Watt zu matschig wird, kann Amalie nicht mehr so gut laufen. Das wird zu anstrengend für die Gute.« Er schnalzt leicht mit der Zunge, das Pferd schnauft. Es klingt wie eine Unterhaltung zwischen den beiden. Opa redet über Wattwürmer und verschwundene und gesunkene Schiffe, von Wracks, die im Watt zu finden sind, von Piraten, die hier an der Küste lebten, ihre gestohlenen Reichtümer längst nicht alle wiedergefunden.

Kiran setzt sich aufrechter hin, sucht den Boden mit den Augen ab und Nella lächelt. Irgendwann wird sie ihm das alte Wrack zeigen, Schiffreste, die die Ebbe jeden Tag einmal freilegt.

»Hört ihr es knistern?«, fragt Opa plötzlich, dreht sich zu Nella und Kiran um und stoppt die Kutsche kurz.

Kiran streckt den Hals, lauscht. »Was knistert denn? Die Muscheln, über die wir fahren? Oder die Schätze?«

»Das sind Wattkrebse«, sagt Opa, der bei dem Wort »Schätze« zwinkert. »Wenn ein Wasserfilm zwischen ihren Antennen zerplatzt, dann knistert es.«

Kiran zieht eine Grimasse. »Krebse?«

»Das ist die Sprache des Watts«, lacht Nella und fügt ihre ganz eigene Erklärung hinzu. »Es hat so viele Geschichten zu erzählen. Wenn wir es nur verstehen könnten!«

Opa lacht jetzt auch. »Das klingt natürlich spannender, Nella!« Er hebt die Zügel, weiter geht's.

Tasha hört nicht zu, das merkt Nella, sie hat nur Amalie im Blick, sie ruft ihr zu, sie versucht Opas Schnalzen nachzuahmen.

Kiran aber lauscht weiterhin gespannt Opas Worten und versucht das Knistern zu hören. Er sieht aus, als könnte er stundenlang so weitermachen wie Nella. Und Nella weiß, Opa könnte das auch: stundenlang weitererzählen. Er kennt alle

Geschichten von dieser Küste, weiß alles über jede Pflanze und jedes Tier hier, jede Legende, jede Sage. Er weiß, wie das Meer ist.

Nella kennt Opas Geschichten, seit sie hören kann. Und doch klingen sie jedes Mal wie neu, gleichzeitig vertraut, seine Stimme einfach ein Teil ihrer Heimat. Die Bewegung der Kutsche, der Duft des Meeres, Opas Stimme: Zusammen ist das perfekt.

Nella lehnt sich endlich zurück, entspannt, fast zufrieden, als Tasha mit ihrer spitzen Stimme ruft: »Das mit den Piraten haben Sie doch heute Morgen schon alles erzählt. Und das über die Muscheln auch.«

Und Opa stockt kurz, nickt dann nachdenklich, schweigt.

»Brrrr«, macht er leise, nach ein paar Minuten, nach dem so unangenehmen Schweigen.

Kirans Lippen bewegen sich stumm, die Augen hat er kurz geschlossen, dann schaut er zu Boden.

Und Amalie hält an, sie hat das Kommando verstanden.

Opa nimmt Tasha die Zügel aus der Hand.

»He«, beschwert sie sich sofort.

»Hier wird es zu matschig und außerdem ist dahinten ein Priel, das ist gefährlich.«

»Was ist denn ein Priel?«, ruft Tasha, klingt beleidigt darüber, dass es so was überhaupt gibt.

»So was wie ein Fluss im Watt, der auch bei Ebbe noch da ist, und die Strömung ist …«

Tasha hört nicht mehr zu. Sie will Opa unterbrechen, macht den Mund auf, um etwas zu sagen, aber Opa Ocko hat sich zu Kiran umgedreht. »Jetzt bist du dran, du kutschierst uns zurück zum Strand.«

Tasha fährt zu ihrem Zwilling herum, der überrascht die Augen aufreißt. Nella rechnet damit, dass er ablehnt, er bewegt die Lippen, aber sagt nichts. Und dann steht er auf: »Okay.«

Jetzt ist es Tasha, die überrascht die Augen aufreißt, doch weil Opa da ist, schluckt sie einen Kommentar herunter, das sieht Nella genau.

»Aber wir sind doch noch gar nicht lange unterwegs«, beschwert sich Tasha dann doch.

»Amalie ist alt und sie zieht die Kutsche allein, die Strecke reicht«, erklärt ihr Opa. »Wir können gerne eine Wattwanderung machen. Zu Fuß und solange es Ebbe bleibt. Vielleicht morgen? Heute nicht mehr, das Wetter schlägt um.« Er deutet zum Himmel, an dem nur ein paar watteweiße Wolken schweben, und Tasha verdreht die Augen.

Nella sagt nichts dazu, sie weiß, dass Opa das Wetter voraussagen kann, er spürt es in seinen Knochen, da kann der Himmel noch so blau aussehen.

Nella nickt Kiran zu, der ebenfalls die Wolken mustert und dann nach vorne klettert, sich neben Ocko setzt. Er greift nach den Zügeln, während Tasha vom Kutschbock hinunterspringt und hinten wieder einsteigt. Sie hält sich am Kutschenrahmen fest, schreit plötzlich auf, betrachtet ihre Hand. »Ich glaube ich habe einen Splitter!« Sie hält den Finger vor die Augen. Zornig setzt sie sich, mit zusammengekniffenem Mund und dunkel-matschigen Füßen.

Die Fahrt zurück ist still. Nella schaut zum Horizont und Tasha fummelt sich den Splitter aus dem Finger. Sie schnauft ab und zu genervt auf. Meist dann, wenn Opa etwas übers Kutschfahren zu Kiran sagt. Aber viel ist es nicht, Kiran lenkt die Kutsche wie ein Profi, da muss man auch gar nichts mehr sagen.

KAPITEL 14

Opas Knochen hatten recht. Ein Gewitter zieht über die Küste und über die Mühle hinweg, noch bevor die Sonne untergegangen ist. Der Himmel ist ein Meer aus Grautönen, ab und zu fährt in der Ferne ein Blitz herab, Donner rollt über den Sternenhof hinweg.

Nella steht am Wohnzimmerfenster, das zeigt zur Mühle, zum Hof, der nun leer ist und nass. Der Regen prasselt gegen die Scheibe, Bäche bilden sich auf der Fensterbank, rauschen hinab. Auf der anderen Seite des Hofes neigen sich die Duftnesseln unter den Wassermengen.

Ob das Gewitter es schafft, den Lakritz-Geruch aus ihnen rauszuwaschen?, überlegt Nella und drückt ihr Gesicht an die Scheibe. So kann sie besser und weiter nach links und nach rechts schauen. Sie sucht Ferris. Er ist zu seiner Futterzeit nicht nach Hause gekommen und wenn es ums Futter geht, da ist Ferris immer pünktlich. Immer! Nella denkt an den

Aushang beim Bäcker, an die vermisste Katze. Ihr Herz beginnt vor Sorge schneller zu schlagen.

Da fällt ihr ein, dass Ferris heute Morgen bei der Scheune gefüttert wurde. Ist er vielleicht dort? Wartet? Versteckt sich unter einem der Tische vor dem Regen? War er auf Mäusejagd im Pferdestall, als sie Amalie nach der Kutschfahrt abgerieben hat? Hat sie ihn aus Versehen dort eingesperrt?

Nella geht zu ihren Gummistiefeln, greift nach einer der Regenjacken, die darüberhängen. Dabei weiß sie, dass sie unter dem Plastik sofort schwitzen wird, das Gewitter hat die Sommerhitze kaum verscheucht.

Sie winkt Mama zu, die am Küchentisch sitzt und Backrezeptbücher studiert, Notizen in ihr eigenes, selbst geschriebenes Backnotizbuch schreibt, so konzentriert, dass sie Nella nicht bemerkt.

Als Nella aber hinaustritt, da ist das Gewitter bereits weitergezogen. Nur noch schwach nieselt es aus bereits heller werdenden Wolken hinab, der Donner weit weg, nicht lauter mehr als ein Magenknurren.

Und trotzdem sind die Wolken noch so dicht, dass sie auch die letzten Sonnenstrahlen des Tages nicht mehr durchlassen, und es ist viel dunkler als sonst um diese Zeit. Es fühlt sich schon jetzt ein bisschen an wie Nacht.

»Ferris«, ruft Nella. »Wo bist du?«

Es riecht nach feuchter Erde, ein bisschen nach Pferdestallmist, nach Meer und Regen und Lakritz. So viel dazu, dass der Regen diesen Duft verscheuchen könnte. Fast ist es, als wäre er jetzt noch stärker in der frisch gewaschenen Luft.

Ferris ist nicht auf der Café-Terrasse. Die Futterschale von heute Morgen ist bis oben hin vollgeregnet. Er ist auch nicht in der Scheune und bei Amalie im Stall haben die Mäuse frei. Kurz bleibt Nella bei der alten Stute, die sie mit einem leisen Schnaufen begrüßt, sich streicheln lässt, den Kopf neigt und auf Nellas Schulter legt.

»Ach, Amalie«, murmelt Nella ins warme Pferdefell. »Ferris ist weg.«

Amalie schnaubt eine Antwort, die wie Trost klingt.

Nella geht wieder hinaus, schließt die Stalltür gut zu, schaut zur Mühle hinauf. Sie hat eine Bewegung gesehen, da oben an einem der kleinen Fenster, da wo Licht ist, dahinter eine Gestalt. Kiran, das erkennt Nella genau, sein Schatten schmal und kurzhaarig. Er schaut hinaus. Nella hebt die Hand und Kiran tut es ihr nach. Er greift zum Fensteröffner, aber plötzlich ist er weg. Es erscheint Tasha im Licht, das sieht Nella an den langen Haaren, die Silhouette ganz anders als bei ihrem Bruder. Dann ist auch Tasha nicht mehr da.

Kurz bleibt Nella am Fuß der Mühle stehen. Kommt Kiran vielleicht runter? Sie wartet, geht zwei Schritte nach rechts, sechs nach links, aber die Mühlentür bleibt zu. Seltsam enttäuscht darüber, dreht Nella sich um, läuft zur Weide, zum Schuppen, hinaus aus dem kleinen Hintertor.

Oben auf dem Deich bleibt sie stehen, guckt in alle Richtungen. Es ist zu dunkel, um weit zu schauen, hell genug, um ein bisschen zu sehen.

»Ferris«, ruft sie gegen das Meeresrauschen an. »Ferris, wo bist du?«

Auch am Strand ist der Kater nicht zu sehen. Sie sucht jetzt bereits seit über zweihundert Schritten, steht bei dreihundertvierundvierzig wieder auf dem Deich. Kein Kater weit und breit.

Langsam schlurft Nella zu dem kleinen Privatweg zurück, schließt das Tor ordentlich und geht zum Hof, den Blick auf den Boden geheftet. Da ertönt ein Rascheln neben ihr. Nella geht hinter einem Busch in die Hocke und versucht zwischen die Äste zu blicken, aber es ist zu dunkel, zu verzweigt. Mit einem Stoßseufzer steht sie wieder auf.

Ein Schrei durchbricht die Stille, laut und spitz und voller Schreck, sodass Nella zwei Schritte zurückweicht, fast stolpert, ihr Herz losklopft, als wäre sie gerannt.

»Nella«, keucht da eine Stimme, völlig außer Atem, viel zu hoch. »Ich habe dich da hinter dem Busch gar nicht gesehen!«

»Kiran!« Nella lacht vor Erleichterung laut auf. »Was schleichst du hier herum?«

»Ich schleiche gar nicht«, antwortet er, seine Stimme nun wieder in der richtigen Tonlage. »Ich habe dich gesucht, weil ich dich eben im Hof gesehen habe.«

»Ich dachte schon, du bist diese Gestalt von gestern Nacht«, sagt Nella.

»Der Gonger«, murmelt Kiran und klingt so, als würde er echt an Geister glauben.

»Ich suche Ferris«, sagt Nella schnell, weil sie nicht an Gonger glaubt, aber weil sie ja wirklich irgendwas gesehen haben letzte Nacht. Doch Ferris ist jetzt wichtiger. »Er ist nicht zum Abendfressen gekommen. Das ist noch nie passiert. Hast du ihn gesehen?«

Kiran schüttelt den Kopf. »Heute Nachmittag, da war er …«

Er hört mitten im Satz auf zu sprechen, obwohl seine Lippen sich weiterbewegen.

»Was war heute Nachmittag?«, hakt Nella sofort nach und geht langsam vor, zurück zum Hof. »Hast du Ferris da gesehen?«

»Ja«, sagt er kurz, macht eine Pause, fügt dann hinzu, so schnell, damit er es gesagt hat, bevor er noch mal darüber nachdenken muss: »Heute Nachmittag war Ferris in der Mühle, bei Tasha.«

»Aber er soll doch nicht in die Mühle!« Nella spricht plötzlich zu laut, dabei passt das nicht, die Abendstimmung nach dem Gewitter fühlt sich mehr nach Flüstern an.

»Ich habe es Tasha gesagt.« Kiran spricht leise.

»Was hast du mir gesagt?« Tasha steht mit einem Mal vor ihnen, so nah, dass sie Kirans Worte gehört hat. Warum schleicht sie sich immer so an?

»Die Katze darf nicht in die Mühle!« Nella baut sich vor Tasha auf. Wütend.

»Ich habe sie auch gar nicht reingelassen«, sagt Tasha. »Ferris war einfach drin.«

»Wie – einfach drin?« Jetzt ist es Nellas Stimme, die zu hoch ist.

»Vielleicht war die Tür einmal nicht richtig zu?«, versucht Kiran sie zu beruhigen.

Tasha nickt. »Ich habe ihn nicht reingelassen. Er lag plötzlich einfach so auf meinem Bett und …«

»Und wo ist er jetzt?« Nella hat keine Zeit, den Satz zu Ende zu hören.

Tasha zuckt mit den Schultern.

»Er darf nicht in die Mühle.« Nella flüstert jetzt doch. »Die Fledermäuse haben um diese Jahreszeit Babys. Und wenn Ferris ins Dach der Mühle gelangt, dann wäre das …« Sie spricht nicht fertig.

»Ferris ist nicht in der Mühle«, fährt Tasha dazwischen, energisch und laut. »Er ist rausgelaufen, als wir Abendessen gemacht haben. Papa hat ihm die Tür aufgemacht. Ich habe es genau gesehen.«

»Aber er ist nicht nach Hause gekommen!«, Nella hört die Verzweiflung in ihrer Stimme.

»Dann suchen wir«, wispert Kiran.

»Es ist doch viel zu dunkel«, murmelt Tasha.

Da reißt der Wolkenhimmel auf und ein frühabendlicher Mond scheint silbern auf sie herab.

Noch einmal geht Nella den Hof ab, sucht auf der Wiese,

Kiran sucht auf der Terrasse. Nur Tasha geht wieder hinein, sagt, sie suche trotzdem noch einmal in der Mühle, man könne ja nie wissen.

Aber egal wie hell der Mond scheint und wie lange sie auch noch suchen, Ferris bleibt verschwunden.

KAPITEL 15

Etwas klappert. Nella schlägt die Augen auf. Das Geräusch kennt sie, kann es aber nicht einordnen. Sie wartet ein paar Sekunden, vielleicht ertönt es ja noch einmal.

Aber alles bleibt still.

Gerade als sie sich wieder umdrehen will, sich noch einmal in die Decke kuscheln, jetzt wo die Temperaturen das gerade noch so erlauben, bevor die Sonne alles wieder aufheizt, da fällt es ihr wieder ein: Ferris!

Mit einer einzigen Bewegung fährt sie hoch, und in nur zehn langen Schritten ist sie in der Küche, an der Hintertür, reißt sie auf. Aber die Futterschalen dort stehen unberührt da, kein Kater, der vor der Tür hin und her huscht, miaut und fordert, gefüttert zu werden.

Nella zieht sich an.

Vor der Haustür liegt ein Zettel auf dem Teppich, und nun weiß Nella, was da geklappert hat: der alte Briefschlitz in der

Tür, der schon seit Jahren nicht genutzt wird, weil es nun vorne an der Straße einen Briefkasten für den Hof gibt.

Sie hebt den Zettel auf und faltet ihn auseinander. In zackiger, ordentlicher, aber ziemlich kleiner Schreibschrift steht dort auf kariertem Papier:

Ferris ist wirklich nicht in der Mühle, ich habe überall noch einmal gesucht. Bis nachher. Dein Kiran

Sie steckt den Zettel in ihre Shortstasche, geht raus. Bestimmt sind alle bereits wieder in der Scheune beim Frühstück, trotzdem macht Nella Umwege. Sie geht erst ums Haus, um die Mühle, den Stall und den Schuppen. Einhundertsieben Schritte sind es, als sie die Terrasse betritt. Aber kein Kater vor der Scheunentür, überhaupt ist niemand hier, nur der Duft von frischem Brot, Lakritz und etwas anderem, Süßem, liegt in der Luft.

Nella geht durch die Schwingtüren.

»Moin!« Mama hat Mehl in den Haaren, ein Lächeln im Gesicht und einen dicken Teigballen in den Händen.

»Wo sind alle?«, fragt Nella und bewundert kurz die dreistöckige Erdbeertorte, das dunkle Brot und lugt in einen Topf, der auf dem Herd blubbert. Apfelmus. Daher der süße Geruch. »Wie lange backst du schon?«

Mama versucht sich eine Haarsträhne mit dem Unterarm aus dem Gesicht zu streichen, lässt dabei fast den Teigklumpen fallen, und schafft es, kein einziges Haar wegzuwischen. Sie versucht es mit pusten, muss lachen und antwortet endlich: »Seit dem Morgengrauen. Heute soll der Kuchen endlich mal für alle Cafébesucher reichen, und ich dachte …«

»Hast du Ferris gesehen?« Nella hört nicht mehr richtig zu und unterbricht ihre Mutter mitten im Satz.

Mama schüttelt den Kopf und damit endlich auch die Haarsträhne aus dem Gesicht.

»Er ist immer noch weg«, sagt Nella.

»Bestimmt kommt er bald wieder«, erwidert Mama in einem Ton, der trösten soll, dabei kann sie das doch gar nicht voraussehen.

»Und wo sind alle?«, wiederholt sie ihre erste unbeantwortete Frage.

»Tilke wollte joggen. Und Opa holt mir mein Backbuch aus dem Küchenregal, ich wollte heute mal wieder einen Apfelmuskuchen backen, aber das Rezept habe ich nicht im Kopf.« Sie knallt den Teigklops auf die Arbeitsfläche vor sich, dass das Mehl nur so fliegt, und knetet drauflos. »Und unsere Gäste sind heute früh schon zu einem Ausflug aufgebrochen. Sie wollten zum Leuchtturm und danach raus zur Insel …« Jetzt klopft Mama mit beiden Händen auf dem Teig herum, holt endlich ein Nudelholz hervor und beginnt ihn dann mit energischen Bewegungen auszurollen. »Dahinten sind noch ein paar Brötchen, wenn du magst, Nellalein.«

Nella mag nicht, sie möchte wissen, ob mit Ferris alles in Ordnung ist. Sie hebt die Hand für einen Abschiedsgruß, dreht sich zur Tür. Dann überlegt sie es sich doch noch mal anders, schnappt sich eins der Brötchen, quetscht es in die Hosentasche und geht wieder.

»Ich gehe zum Strand«, verkündet sie noch, da sind die Schwingtüren längst hinter ihr zugeschwungen.

Opa ist nirgends zu sehen. Dabei ist das Rezeptbuch doch in der Küche im Haus und in der Küche war er eben nicht, auf dem Weg zur Scheune hat Nella ihn nicht gesehen.

Im Hof lässt Nella noch schnell die Hühner aus ihrem Verschlag, füttert sie und geht weiter zum Pferdestall. Amalie aber ist nicht mehr da und Nella läuft um die Mühle herum zur Wiese. Das Pferd grast friedlich am anderen Ende und bemerkt Nella nicht.

Kein Ferris, kein Opa.

Am Strand sind nur wenige Menschen, hauptsächlich morgendliche Läufer, wie Tilke, die erkennt Nella schon aus der Ferne. Tilke schlenkert ihre Arme beim Rennen, ein bisschen als würde sie mit ihnen rudern, ihr rechtes Bein schwingt weiter nach außen als ihr linkes.

Jetzt winkt Nella ihrer Schwester zu, läuft ihr entgegen. Schon von Weitem ruft sie ihr zu, fragt sie nach Opa. Und nach dem Kater.

Tilke bleibt stehen, stemmt die Hände in die Hüften. Sie atmet schnell und es dauert ein paar Sekunden, bis sie genug Luft hat, um Nella zu antworten. »Opa ist dort oben auf dem Deich!«

Sie deutet mit dem Kinn dahin und da sieht ihn Nella auch. Er sitzt auf einer Bank, schaut aufs Meer.

»Was macht er da?«, fragt Nella und läuft los. »Er sollte Mama doch nur das Backbuch aus der Küche holen.« Sie dreht sich noch mal um, sieht Tilkes Blick, der Mamas so ähnelt, die Sorgenfalten auf der Stirn. »Opa!«, ruft Nella im Laufen.

Aber Opa hört sie nicht, sein Gehör ist sowieso nicht mehr das beste, und der leichte Wind hier unten am Wasser weht ihre Worte dazu noch in die falsche Richtung. Tilke ist nun direkt hinter ihr, ihr Keuchen laut.

Erst als die beiden den Deich hochrennen, sieht Opa sie, er lächelt und winkt und ruft: »Was für ein schöner Morgen, heute wird es heiß und sonnig!«

»Wolltest du …?« Nella unterbricht sich selbst.

»Was denn, Nella, mein Schatz?« Opa Ocko klopft mit seinen Händen links und rechts von sich auf die Holzbank. »Setzt euch doch zu mir.«

Nella schluckt und setzt sich, wenigstens kurz. Und beschließt, selbst gleich das Buch für Mama zu holen. Opa wirkt so glücklich, er liebt das Meer, genau wie sie. Darum umarmt sie Opa kurz, steht schon wieder auf und sagt: »Ich muss schnell noch was erledigen.« Sie schaut zu Tilke, die genau weiß, was sie da macht. Fast unmerklich nickt sie ihrer kleinen Schwester zu, bleibt sitzen, kommt zur Ruhe und legt eine Hand um Opas Schultern. »Ich bleib noch ein bisschen hier«, sagt sie.

Nella geht, dreht sich noch einmal um. »Opa, hast du Ferris gesehen?«

Aber Opa runzelt nur die Stirn.

»Ich bin gleich wieder da«, ruft Nella noch, denn jetzt weiß sie, was sie heute machen wird, einen Opatag. Einen richtigen Opa-Ferientag, so wie vorher eben, so wie sie es immer gemacht haben, vor diesem Sommer.

Sie rennt los, um Mama das Buch zu bringen.

KAPITEL 16

»Also«, Nella hält den Rucksack hoch. »Wir haben Schwimmsachen und ein bisschen Geld, Wasserflaschen, Sonnenhüte und einen Plan. Bist du bereit, Opa?«

Bei dem Wort Plan huscht ein Ausdruck über Opas Gesicht, der aussieht wie Unsicherheit. Aber Nella hält ihm einfach ihren Arm hin, hakt sich unter und sagt lieber noch einmal, so zur Erinnerung, was sie eben besprochen hatten: »Fertig, gnädiger Herr, für unseren Ausflug zur Eisdiele beim Hafen?«

Opa lächelt, seine Züge wieder entspannt. »Fertig, Gnädigste.«

Tilke schlendert auf den Hof, frisch geduscht, die langen Haare zu einer kompliziert aussehenden Frisur hochgesteckt.

»Kommst du mit?«, fragt Nella, überrascht über sich selbst, sie weiß doch, dass Tilke Mama helfen will. Und wann ist Tilke überhaupt das letzte Mal mit ihr und Opa losgezogen, wann haben sie etwas zu dritt gemacht? Das ist so lange her, dass Nella gar keine Antwort abwartet, sich wieder zu Opa dreht und losstapft.

»Okay«, kommt es da von Tilke. »Aber ich muss Mama kurz Bescheid sagen. Geht ruhig schon los.« Sie zwinkert Nella zu, so wie früher, als Tilke noch nicht fast erwachsen war, so wie früher, als sie zusammen auf Abenteuersuche mit Opa gegangen sind. »Ich hole euch Schnecken schon ein.«

»Ha«, ruft Nella. »Das wollen wir mal sehen.«

Kurz fragt sich Nella dann, ob der Weg zu Fuß in den Ort zu weit ist für ihren Großvater, aber Opa läuft zügig und sie sind schon oben auf dem Deich angekommen, als Tilke sie endlich einholt.

»Lass uns ein Stück am Wasser entlanglaufen«, schlägt sie vor und gemeinsam gehen sie zum Strand, ziehen ihre Schuhe aus, stopfen sie in den Rucksack.

Es ist Flut, der wellige Meeresboden fast bedeckt. Barfuß laufen sie durch das flache, kühle, weißschäumende Wasser. Nella schaut sich immer wieder in alle Richtungen um, in der Hoffnung, Ferris zu entdecken.

Tilke legt plötzlich den Arm um Nellas Schultern, drückt sie an sich und sagt: »Er kommt bestimmt wieder, mach dir nicht solche Sorgen. Katzen haben doch sieben Leben.«

Nella möchte ihr glauben, lächelt sogar ein bisschen. Tilke lässt sie wieder los, geht fünf Schritte ins Wasser hinein, dreht sich mit einem Grinsen zu Nella um. Zu spät erkennt Nella, was für ein Grinsen das ist. Zu lange hat sie es nicht auf

Tilkes Gesicht gesehen. Denn bevor sie es versteht, hat Tilke sich gebückt, eine Handvoll Wasser geschöpft und Nella nass gespritzt.

»He!« Nella kreischt, das Wasser kalt an ihrem Rücken. Noch ein Wasserschwall trifft sie, ihr T-Shirt am Rücken nun feucht und schwer.

Nella rennt ins Wasser, schaufelt zweihändig Wasserfontänen Richtung Tilke, die gackernd davonrennt.

Opa spaziert schweigend und lächelnd nebenher.

»Stopp!«, ruft Tilke endlich, hebt beide Arme, fast komplett durchnässt. »Ich ergebe mich.« Ihre Haare haben sich längst wieder gelöst, hängen in blonden Wellen über ihre Schulter.

Nella schaut an sich herunter. Zum Glück ist es bereits heiß, die Sonne wird sie trocknen, bevor sie im Hafen ankommen.

Opa läuft weiter neben ihnen her, er scheint in Gedanken versunken. Nella und Tilke werfen sich einen Blick zu, besorgt und ratlos. Langsam gehen sie noch ein Stück am Strand, aber wenn sie zum Hafen wollen, müssen sie wieder über den Deich, dann dem Weg in den Ort folgen. Opa wird immer langsamer.

»Wir machen eine Pause«, bestimmt Nella, als sie eine Bank erblicken.

Tilke nickt, holt die Wasserflasche hervor, reicht sie Opa. Sie klopfen sich den Sand von den Füßen, der feucht ist und sich nicht wirklich abklopfen lässt. Sie schlüpfen in ihre Schuhe, dann eben mit Sand.

Eine ganze Weile bleiben sie dort sitzen, beobachten Fahrradfahrer und Spaziergänger, Strandbesucher und winken den fernen Schiffen zu, die auf dem sonnenglitzernden Meer fahren. Ab und zu kommt ein Bekannter aus dem Ort vorbei, einmal der Postbote, und danach ein paar Schulkameraden von Nella, die rufen und lachen und winken.

Opa steht auf, schaut sich um, zögert.

»Lasst uns weitergehen«, sagt Tilke.

»Komm, Opa.« Nella hakt sich bei Opa ein, zieht ihn mit, Tilke läuft vor.

»Welches Eis willst du essen?«, fragt Nella, die spürt, dass was mit Opa ist, dass er mit einem Mal verschlossen ist. Hat er vergessen, was sie vorhaben?

Aber jetzt antwortet er und klingt dabei wie immer: »Eis? Hm, Schokolade und Himbeere.«

»Zitrone und Pistazie«, kommt es von Tilke.

»Und ich möchte Karamell und Vanille«, sagt Nella und merkt, dass Opa strauchelt. Der Weg war doch zu weit für ihn, denkt sie.

Zum Glück erreichen sie jetzt den Ort. Sie laufen durch urlauber-volle, enge Gässchen, mühsame langsame einhundertvierundzwanzig Schritte bis zur kleinen Kaimauer am Hafen.

»Wartet hier«, sagt Tilke, schaut Opa mit sorgenrunzeliger Stirn an. »Ich hole unser Eis und ihr ruht euch aus.«

Nella nickt wortlos, setzt sich mit Opa auf die niedrige Mauer in den Schatten, wartet.

»Nellllaaaa!«

Nella fährt herum. Ein Boot tuckert hinter ihnen gerade aus dem Hafen aufs offene Meer, bestimmt geht es zur Insel und zum Leuchtturm. Kiran steht an der Reling, winkt wie verrückt. Neben ihm Tasha. Und obwohl Nella zu weit weg ist, um den Gesichtsausdruck zu erkennen, ist sie sich sicher, dass Tasha die Augen verdreht, dann guckt sie weg.

Nella aber steht auf, winkt zurück.

Nur Opa bleibt stumm sitzen.

Es dauert zwei Ewigkeiten, bis Tilke endlich wieder da ist, das Eis in ihren Händen fast geschmolzen. »Tut mir leid«, sagt sie. »Die Schlange war so lang.« Sie gibt Opa das Eis, der es geistesabwesend annimmt, isst.

Tilke und Nella sitzen rechts und links neben ihm, bedrückt, sie wissen nicht genau, was sie machen sollen, jetzt wo Opa so still ist.

Plötzlich steht Tilke auf. »H-hallo«, stottert sie und Nella sieht Nabil, der mit seiner Gitarre auf dem Rücken vor ihnen auftaucht.

»Hallo«, erwidert Nabil.

Die beiden schauen sich lange an. Tilke streicht ihre Haare hinter die Ohren, scheint erst jetzt zu merken, dass ihre Hochsteckfrisur gar keine mehr ist, und befühlt nervös ihren Kopf. Sie zieht eine Spange daraus hervor und macht leise »oh«.

Nabil lächelt sie an. »Dein Eis schmilzt«, sagt er dann.

»Oh«, macht Tilke noch einmal und leckt das tropfende Eis schnell ab.

Die beiden stehen da, starren sich an.

Und Opa starrt vor sich hin, isst sein Eis, abwesend.

»Tilke«, sagt Nella leise, als sie den letzten Bissen ihrer Waffel heruntergeschluckt hat. »Ich glaube, wir sollten mit dem Bus nach Hause fahren.«

Tilke scheint sich endlich wieder daran zu erinnern, dass Nella und Opa auch noch da sind. Sie schaut zu Opa, ihre Augen verengen sich, sie nickt. »Gute Idee, Nella.«

Nabil sagt: »Ich komme mit.«

Und Tilke guckt so, als fände sie das ganz furchtbar und ganz toll zugleich.

KAPITEL 17

In den Sommermonaten, zur Ferienzeit, da fahren die Busse zum Glück ziemlich oft. Und da sie nur drei Stationen fahren müssen, sind sie schon bald wieder auf dem Sternenhof angekommen. Opa hat allerdings nur eine Station gebraucht, um einzuschlafen.

Vorsichtig schüttelt Nella ihren Großvater an der Schulter, der aufschreckt, sich umschaut, nicht weiß, wo er ist.

»Opa, wir sind im Bus und jetzt zu Hause und müssen aussteigen«, wispert Nella atemlos, voller Angst, dass der Bus weiterfährt, bevor sie ausgestiegen sind.

Nabil springt sofort auf, winkt dem Fahrer zu, der sich umdreht und nickt. Dann hilft er zusammen mit Nella Opa beim Aufstehen, beim Aussteigen und Tilke lächelt ihn an.

Gerade als Nella auf den Bordstein hüpft, der Bus anfährt, da sieht sie den silbernen Sportwagen aus ihrer Hofeinfahrt auf die Straße abbiegen. Und davonflitzen. Was wollte der Typ schon wieder auf ihrem Hof, das Café macht doch erst in ein paar Stunden auf?

Mama steht auf der Terrasse. Sie schaut zur Mühle, die Hand zum Sonnenschutz über der Stirn, bewegungslos.

Opa ist immer noch müde. Er murmelt was davon, einen Mittagsschlaf zu machen und geht zum Haus.

Nabil packt die Gitarre aus, setzt sich in den Schatten und spielt ein paar Töne.

Die Musik löst Mama aus ihrer Starre, sie lässt die Hand sinken. »Nabil, deine Schicht beginnt doch erst um 15.00 Uhr«, sagt sie mit einem Lachen. »Aber schön, dass du da bist.«

Tilke steht unschlüssig auf der Terrasse herum. Nabil sieht mehr zu Hause aus, als sie, findet Nella. Und gerade als Mama irgendwas davon verkündet, dass sie noch die Küche putzen müsse, und Tilke vorschlägt, dass sie dann die Scheune ausfegt, da flitzt etwas Schwarzes auf die Scheunenterrasse, direkt auf Nellas Beine zu.

»Ferris!« Nella ist so erleichtert, dass sie erst jetzt bemerkt, wie angespannt sie war. Wegen Opa, wegen Ferris. Aber nun ist der Kater wieder zu Hause, fordert Futter, streicht um Nellas Bein und sieht ein wenig zerzaust aus, ganz nach Abenteuer.

»Ich füttere dich sofort, du Ausreißer. Ich habe mir solche Sorgen gemacht. Wo warst du nur?«

»Miau«, antwortet Ferris. »Miau, miau.«

»Ach so«, sagt Nella und streichelt liebevoll das sonnenheiße, schwarze Fell glatt. »Und hattest du eine gute Zei…?« Nella stockt, hinter den Kübelpflanzen taucht noch jemand auf. Eine weitere Katze, schmaler und kleiner als Ferris, dreifarbig mit geschecktem Fell. »Oh, du hast jemanden kennengelernt, Ferris?«

»Miau!«

»Ich weiß, wer du bist!« Nella erinnert sich an den Aushang aus der Bäckerei. Zwar war das Foto darauf unscharf und schwarz-weiß und Nella hat keine Ahnung, ob die vermisste Katze so aussieht. »Und ich weiß, was ich tun muss.«

Zurück zur Bäckerei laufen nämlich, die Telefonnummer auf dem Aushang aufschreiben, anrufen. Aber erst mal müssen die beiden gefüttert werden. Nella holt Katzenfutter, dann schaut sie sich nachdenklich um. »Ihr dürft jetzt aber nicht weglaufen, während ich herausfinde, wo du wohnst«, sagt sie zu der Katze.

Nabil hinter ihr zupft ein paar Töne auf seinen Gitarrensaiten, die ein wenig wie *Miaauuu* klingen. »Ich passe auf, Nella«, sagt er leise und spielt weiter.

»Ich auch«, sagt Tilke schnell und wirft erst Nabil dann Nella ein Lächeln zu. »Wenn du willst, übernehme ich das Füttern.«

»Danke, ich bin dann mal weg.«

Mit dem Fahrrad dauert es nur ein paar Minuten, allerdings muss sie am Ortseingang absteigen, die Gässchen sind eng, zu viele Leute sind in ihnen unterwegs. Sie stellt das Rad vor dem Bäcker ab, öffnet die Tür. Ein leises Bimmeln ertönt dabei, gleichzeitig ruft jemand hinter ihr: »Nella!«

Nella dreht sich um, lässt die Türklinke los.

Kiran und Tasha stehen neben dem Fahrradständer. Kiran sieht sonnengebräunt aus, und jetzt ist es Tasha, die blass wirkt, fast weiß.

Kiran lächelt sie an.

»Wie war euer Ausflug?«, fragt Nella und merkt, dass sie sich freut, Kiran hier zu treffen.

»Mistig«, sagt Tasha, ungewohnt leise.

»Tasha ist seekrank«, sagt Kiran.

Ohne Kommentar dreht Tasha sich weg, schaut sich suchend um, lässt sich dann auf den einzigen freien Stuhl vor der Bäckerei sinken.

»Deine Schwester mag es hier nicht besonders, oder?«, fragt Nella leise.

Kiran hebt die Schultern. »Tasha tut gerne so.«

»Tut gerne wie?«, will Nella wissen.

»Als wäre alles blöd.« Er zuckt mit den Achseln und Nella merkt, dass er nicht über Tasha reden will. »Was machst du hier? Brot kaufen?«

Nella schüttelt den Kopf, da wird die Tür vom Laden von innen geöffnet. Sie merkt, dass sie noch immer die Klinke festhält, lässt schnell los.

Kirans Eltern kommen aus der Bäckerei, sie halten Tasha

eine Flasche mit kaltem Wasser hin. »Meinst du, du kannst nach Hause laufen?«, fragt ihr Vater.

Tasha sagt nichts.

»Sie können den Bus nehmen.« Nella zeigt die Straße hoch. »Dahinten ist das Schulgebäude, daneben gleich die Haltestelle. Von hier sind es nur zwei Stationen.«

»Kann ich hierbleiben und später mit Nella zurückkommen?«, fragt Kiran, der daraufhin von allen überrascht angeschaut wird. Nur Tasha starrt auf den Boden, die Hand auf dem Bauch, die kalte Wasserflasche an die Schläfe gepresst.

»Natürlich«, kommt die Antwort, dann zieht Herr Kelly seine Tochter sanft hoch und bugsiert sie Richtung Bushaltestelle. Tasha muss es wirklich schlecht gehen. Sie sagt nichts, sie verdreht nicht ihre Augen, sie guckt sich nicht mal zu Kiran und Nella um.

Nella zieht erneut die Bäckereitür auf, zeigt auf die Aushänge dort. »Ferris ist wieder da«, erzählt sie und macht Platz für eine sechsköpfige Familie, die sich an ihr vorbei in den kleinen Laden drängt.

»Gut«, erwidert Kiran und klingt so, als würde er das wirklich richtig gut finden. Auch wenn er Tiere ansonsten ja nicht so richtig gut findet.

»Und er hat diese Katze mitgebracht«, fährt sie fort und deutet auf den Katzenaushang.

»Da steht keine Adresse.« Kiran überfliegt den Zettel.

»Aber eine Telefonnummer«, sagt Nella. »Die rufen wir jetzt an.«

Sie schaut sich im Laden um. Leider ist es heute nicht Tatjana, die hinter dem Tresen steht, sondern ein junger Mann, der ziemlich gestresst aussieht. Weil die Familie sich nicht entscheiden kann, was sie bestellen will, weil jetzt noch mehr Kunden hereinkommen.

»Wissen Sie, wer diesen Zettel hier aufgehängt hat?«, ruft Nella.

Der Mann guckt auf, zieht die Brauen zusammen, schüttelt den Kopf.

»Können wir Ihr Telefon benutzen?«, fragt Nella noch. Ihr Handy liegt zu Hause, im Schulranzen, bestimmt längst alle. Sie sollte es mal aufladen, denkt sie. Vielleicht hat sie Nachrichten von ihrer Freundin Zara aus Irland. Und Kiran hat anscheinend auch kein Handy dabei. »Bitte?«, fügt Nella noch hinzu.

Weil die Familie noch immer beratschlagt, ob sie lieber Erdbeerkuchen oder belegte Brötchen kaufen wollen, vielleicht auch beides, zieht der Mann ein Smartphone aus seiner Hosentasche und reicht es Nella. Sie wählt, lauscht, es klingelt. Aber niemand nimmt ab, auch kein Anrufbeantworter schaltet sich an, dem sie von der gefunden Katze erzählen könnte.

»Wir müssen es später noch mal versuchen«, sagt Nella und bemerkt gleichzeitig, dass Nabils Aushang mit der Werbung für das Café Lakritz fehlt. »Hast du einen Stift, Kiran, dann können wir die Nummer aufschreiben.«

Kiran tippt sich an die Stirn. »Schon notiert.«

»Du hast die Nummer auswendig gelernt?« Nella ist beeindruckt.

Kiran nickt. »Zahlen sind einfach.«

Nella lächelt, gibt das Telefon zurück, tritt hinaus, lässt endlich die Bäckereitür zufallen.

Kiran packt Nella am Arm, wispert aufgeregt: »Guck mal, der Gonger!«

Sofort weiß Nella, wen Kiran meint. »Der war eben noch auf unserem Hof«, erzählt sie ihm und beobachtet den Mann, der Richtung Meer läuft, zielstrebig und eilig. »Dabei hat das Café doch noch gar nicht geöffnet.«

»Was wollte er?«, fragt Kiran.

Nella antwortet nicht. Sie weiß es ja nicht. »Komm«, sagt sie, als der Mann an ihnen vorbeigeprescht ist. »Lass uns schauen, wo er hinwill.«

KAPITEL 18

Am Ende der Straße ist ein schmaler Streifen Rasen, dahinter ein winziger Strand, bei Ebbe kann man von dort bis zum Deichweg laufen. Aber jetzt ist Flut und deswegen geht der Mann die Hauptstraße hinunter, bis zur kleinen Treppe dort.

Nella und Kiran müssen sich beeilen, um ihn nicht aus den Augen zu verlieren. Rasch schließt Nella ihr Fahrrad los und sie folgen ihm.

Der Mann ist schnell. Und immer wieder schieben sich Leute zwischen sie und ihn, immer wieder verlieren sie den Mann aus den Augen. Als eine große Radfahrer-Gruppe Nella und Kiran dann auch noch zwingt, anzuhalten und sie vorbeizulassen, ist er danach gänzlich verschwunden.

»Er kann ja nur auf den Deich gegangen sein«, überlegt Kiran laut, rennt die schmale Treppe hinauf und schaut sich in beide Richtungen um, während Nella mit ihrem Rad unten wartet.

Kiran hebt die Schultern und hilft Nella dann, das Rad die Treppe hochzutragen. Mit einem Mal stoppt er und Nella sieht, wie er die Augen aufreißt, irgendwas vor sich hin murmelt. Panisch schaut er sich um.

»Was ist?«, fragt Nella überrascht, sieht im nächsten Moment aber, was es ist. Ein Hund nämlich, groß und schwarz und nicht angeleint. Und er kommt direkt auf sie zu. Sein Fell ist glatt, die rosa Zunge hängt raus, der Hund hechelt.

»Du musst keine Angst haben«, wispert Nella schnell, stellt sich etwas dichter an Kiran heran, flüstert: »Guck ihm nicht in die Augen, dreh dich einfach weg, dann ignoriert er dich auch.« Das hat Nella einmal in einer Radiosendung über Hunde gehört, dabei sieht der Hund eigentlich freundlich aus, mit seinem wedelnden Schwanz. Neugierig schnuppernd bleibt er ab und zu stehen, dann dreht er sich zu seinem Herrchen um und wartet. Und schon siebzehn Schritte später ist er an ihnen vorbeigelaufen.

»Nichts passiert«, sagt Nella und spürt Erleichterung. Dabei hat sie eigentlich nie Angst vor Hunden, aber Kiran atmet so laut aus, sie hat seine Anspannung vorher selbst gespürt.

Kiran nickt.

»Warum hast du so eine Angst vor Tieren?«, will Nella wissen.

»Ich wurde mal als kleines Kind gebissen.« Kiran hält Nella seinen Arm hin, zeigt darauf und Nella erkennt eine alte Narbe dort. »Von dem Nachbarshund meiner Oma.«

»Oh«, macht Nella, die Narben sind verblasst, aber die Wunde muss groß gewesen sein, sie spannt sich einmal um den ganzen Unterarm.

»Ich kann mich nicht erinnern«, sagt Kiran nach einem Augenblick. »Nicht an den Hund und auch nicht an die Schmerzen. Ich war noch zu klein. Und trotzdem …« Er spricht den Satz nicht zu Ende.

»Und trotzdem ist in deinem Kopf die Erinnerung irgendwo da«, sagt Nella für ihn.

Kiran tippt sich an die Stirn, lacht bei dem Gedanken, wird wieder ernst: »Und irgendwie habe ich jetzt vor allen Tieren Angst.« Kiran spricht so leise, dass Nella mehr ahnt, was er sagt, als dass sie es hört.

»Wo die Erinnerungen wohl hingehen, die man verliert?«, überlegt sie laut und muss an Opa Ocko denken.

»Sie verstecken sich«, sagt Kiran und fährt mit dem Finger über seine Stirn. »Irgendwo im Gehirn.«

Nella nickt. Manchmal hat Opa was vergessen, manchmal weiß er es wieder. Und Kiran erinnert sich, ohne sich zu erinnern, nur die Angst ist geblieben. »Manche Erinnerungen bleiben für immer verloren, andere verstecken sich nur«, sagt Nella.

Kiran lächelt.

»Vor den Hühnern hast du jetzt jedenfalls keine Angst mehr«, fährt Nella fort. »Vor Ferris auch nicht. Und Amalie ist längst deine Freundin.«

Kirans Lächeln wird noch größer, aber er sagt nichts. Das muss er auch nicht.

Was stimmt, das stimmt.

Wortlos drehen sich beide nochmals in alle Richtungen um, aber der Fremde, den Kiran nun Gonger getauft hat, der ist weit und breit nicht zu sehen. Mit einem zweifachen Seufzer gehen sie zurück zur Mühle.

Auf dem Hof ist es ruhig, der Lakritz-Duft empfängt sie, sobald sie das kleine Tor öffnen, aber das ist auch alles. Niemand ist zu sehen, nur die Hühner picken nach Regenwürmern auf dem winzigen Rasenstück neben der Mühle, aber die beachten die beiden Kinder überhaupt nicht.

In der Ecke auf der Terrasse, im Schatten neben den großen Pflanzenkübeln, da sitzen Tilke und Nabil. Sie sprechen leise miteinander, so als wollten sie die hier herrschende Stille nicht stören.

»Es ist doch längst drei Uhr, sogar fast schon nach vier«, sagt Nella mit einem Blick auf die Wanduhr über dem Tresen in der Scheune. »Sind denn keine Gäste gekommen? Und wo sind die Katzen?«

Tilke hebt die Schultern, beantwortet nur die erste Frage. »Nein, niemand gekommen bisher.« Dabei wirft sie einen Blick zu den Küchenschwingtüren. Bestimmt ist Mama in der Küche bei ihren Kuchen.

Nabil übernimmt die zweite Frage: »Die Katzen sind im

Haus drüben. Ich dachte, es ist besser, wenn sie drin sind, dann laufen sie nicht wieder weg.«

»Komm«, ruft Nella und sie rennt fliegende vierunddreißig Schritte zum Haus, Kiran immer hinterher.

Im Flur steht das Telefon. Kiran schreibt die Nummer aus seinem Kopf auf einen kleinen Notizblock, der immer daneben liegt.

Nella wählt. Und lauscht. Aber auch jetzt nimmt niemand ab.

Opa sitzt im kühlen Wohnzimmer, liest ein Buch, schaut mit blitzenden Augen auf, als Nella und Kiran durch die Tür hineinlugen. »Nellalein«, sagt er. »Und …« Er schaut Kiran an, verstummt.

»Und Kiran«, sagt Nella, die schnell schaltet. Opa hat seinen Namen vergessen.

Opa lächelt, wiederholt den Namen aber nicht. »Ich bin müde heute«, sagt er stattdessen und es klingt ein bisschen wie eine Entschuldigung.

Nella winkt ab. »Müde Tage müssen auch mal sein, Opa. Hast du Ferris gesehen?«

Opa schaut sich um, hebt die Schultern, Nella zieht Kiran zurück in den Flur, läuft in ihr Zimmer und lacht. Mitten auf ihrem Bett liegen beide Katzen und schlafen. »Sie müssen einen wirklich abenteuerlichen, nächtlichen Ausflug gehabt haben«, meint Nella. »Lassen wir sie schlafen.«

Als Nella und Kiran wieder draußen sind, sehen sie Tasha.

Sie kommt von der Einfahrt auf den Hof gelaufen, ihre Gesichtsfarbe wieder normal.

»Wo wart ihr?«, fragt sie sofort und klingt fast vorwurfsvoll.

»Hast du uns gesucht?«, will Nella wissen.

»Nein«, erwidert Tasha schnell. Sie guckt an Nella vorbei. »Ich war vorne an der Straße und …«

»Und du hast uns da gesucht«, vervollständigt Kiran den Satz seiner Schwester.

»Nein«, behauptet Tasha noch einmal und klingt doch ganz so, als müsse es *ja* heißen. Aber dann sagt sie: »Da war dieser Typ, der hat Leute, die auf den Hof wollten, wieder weggeschickt.«

»Wie weggeschickt?« Nellas Herz poltert los. »Und welcher Typ war das?«

»So ein Mann halt«, sagt Tasha. »Der war gestern auch im Café.«

Nella wechselt mit Kiran einen Blick, dann schaut sie wieder zu Tasha. Sie weiß genau, welcher Mann, fragt trotzdem, zur Sicherheit: »Hatte der so ein buntes Hemd an?«

Tasha nickt.

»Und der hat Leute vom Hof weggeschickt?«

»Hab ich doch gerade gesagt«, Tasha klingt jetzt gelangweilt.

»Aber …«, setzt Nella an, doch dann verstummt sie und rennt los, die Einfahrt herunter, bis zur Straße. Sie schaut nach links und nach rechts. Und tatsächlich. Am Ende der

Straße sieht sie den Mann gerade noch so um die Ecke biegen.

»Wer ist dieser Typ nur?« Kiran taucht neben Nella auf, atemlos.

»Das müssen wir unbedingt herausfinden!«

KAPITEL 19

Mama steht vor einem der kleinen Cafétische und unterhält sich mit den Eltern der Zwillinge. Als Nella mit ihnen auf der Terrasse auftaucht, wirbelt Mama herum, einen strahlenden Willkommensausdruck im Gesicht. Als sie aber sieht, dass es gar keine neuen Cafégäste sind, da verändert sich ihr Ausdruck. Das sieht Nella genau, auch wenn Mama versucht, es sich nicht anmerken zu lassen. Es sieht ein bisschen aus wie Traurigkeit, dieser Gesichtsausdruck.

»Wie schön, dass ihr da seid«, ruft Mama und versucht fröhlicher zu klingen, als sie aussieht. »Kann ich euch Kuchen bringen? Heute gibt es Zitronenkuchen und Johannisbeerentorte. Oder Waffeln mit Vanilleeis?«

Aus der Scheune klingt leise Gitarrenmusik.

»Mama«, beginnt Nella. Sie will von dem Fremden erzählen, sie will wissen, wer das ist. Aber bevor sie auch nur ein weiteres Wort über die Lippen bringt, hört sie das Quietschen von Fahrradbremsen: Vor der Scheune hält eine ganze Truppe Radfahrer an, verschwitzt und müde, die auf Abkühlung und Stärkung hoffen.

Mamas Gesicht strahlt jetzt wieder richtig, ganz ohne einen Funken Traurigkeit, und Nella schweigt.

»Viele Gäste hatten wir heute nicht«, sagt Tilke später am Abendbrottisch. »Ich hoffe, morgen kommen wieder mehr.«

Mama rührt gedankenverloren im Tomatensoßentopf herum. »Es kann ja nicht jeden Tag brechend voll sein«, erwidert sie leise.

»Aber wenn es öfter so leer bleibt, dann lohnt es sich doch nicht«, sagt Tilke. »Dann …« Sie wirft die Arme in die Luft.

»Was dann?«, fragt Nella.

»Nicht jeder Tag kann gleich gut laufen«, wiederholt Mama und Tilke antwortet Nella nicht.

Aber Nella hört da etwas. Da ist etwas in Mamas Stimme. Etwas, was wie Besorgnis klingt, vielleicht sogar wie Kummer. Oder ist es einfach nur Müdigkeit?

»Und das Café ist doch erst seit ein paar Tagen geöffnet. Wir müssen geduldig sein.« Mama spricht leise und lässt den Kochlöffel jetzt los.

Tilke erwidert etwas, aber da springt Nella vom Stuhl auf. Sie will nicht mehr über das Café sprechen. Sie überlegt sogar, ob sie Mama überhaupt davon erzählen soll, was Tasha gesehen hat. Ganz tief drin, nämlich, da ist jetzt so was wie eine neue Hoffnung, dass alles wieder werden könnte wie früher, wenn das Café nicht mehr wäre.

Im Flur wählt Nella noch einmal die Katzennummer, auch wenn sie es bereits siebzehn Mal probiert hat.

»Hallo?«

Nella ist so überrascht, als nun nach nur einem halben Klingelton doch jemand antwortet, dass sie fast den Hörer wieder fallen lässt. Schnell erzählt sie von der jungen Katze, die gerade mit Ferris im Wohnzimmer spielt. Hellwach, bereit für neue Abenteuer, nachdem sie den ganzen Tag geschlafen hat.

»Oh«, ertönt es durch das Telefon, »das ist aber ganz sicher nicht meine Katze. Meine Tilli ist schon seit Tagen wieder zu Hause. Danke für deinen Anruf!«

»Aber …«

Ein Klick und die Stimme ist weg, die Leitung gekappt.

»Aber wer bist dann du?«, fragt Nella, schaut die kleine Katze an. »Und was machen wir jetzt mit dir?«

»Ich bin Ocko und möchte mein Abendbrot.« Opa steht mit einem Mal hinter Nella, seine Lesebrille in der Hand und ein Lachen in den Augen.

»Das mit dem Abendbrot sollte machbar sein, Herr Ocko«, spielt Nella das Spiel mit, begleitet ihren Großvater zurück in die Küche und verkündet dann: »Ich glaube, wir haben ein neues Haustier.«

»Ich bin doch kein Haustier, Gnädigste«, murmelt Opa.

»Nein, doch nicht du«, ruft Nella.

Bevor aber jemand nachfragen kann, klappert es. Und diesmal weiß Nella sofort, was das ist: die Klappe des Briefkastenschlitzes in der Haustür. Sie hüpft vom Stuhl, rennt in den Flur. Hat Kiran ihr wieder einen Brief geschickt?

Zehn Schritte sind es bis zur Haustür. Aber auf dem Boden dort liegt kein kleiner, karierter Zettel, sondern ein großer, brauner Umschlag. In schwarzen, sperrigen Druckbuchstaben steht darauf:

AN
DIE EIGENTÜMER DES STERNENHOFS

Seltsam. Der Postbote war das auf keinen Fall. Nella reißt die Haustür auf, schaut hinaus, aber es ist niemand zu sehen. Ein paar Sekunden steht sie da. Dann hört sie es, ein Geräusch. Motorengeräusch hinter der Scheune, da, wo sich die Zufahrt zum Hof befindet.

In der Küche drückt Nella ihrer Mutter den Umschlag in die Hand. »Was ist das?«, fragt sie.

Mama dreht den Umschlag einmal herum, betrachtet ihn von jeder Seite, legt ihn dann ungeöffnet ins Küchenregal. »Nichts«, sagt sie schnell, zu schnell. »Das ist nichts.« Sie stellt die Tomatensoße mit so einer Wucht auf den Tisch, dass sie überschwappt und einen roten Klecks auf der Tischdecke hinterlässt. Dann holt sie die Schüssel mit Spaghetti, stellt sie dazu und murmelt »Guten Appetit«. Mehr sagt sie fast das ganze Abendessen lang nicht.

Auch Tilke hängt ihren Gedanken nach, so dass es an Nella und Opa liegt, dass das Abendessen nicht in Schweigen versinkt. Zum Glück ist Opa wieder ganz bei der Sache, er wirkt nicht müde, nicht mehr so, als wäre er nur noch zur Hälfte da. Und während sie geschickt Spaghetti auf die Gabel rollen (Opa), sie nicht so geschickt nur halbwegs aufgerollt bekommen – und sie deswegen mit gespitztem Mund schlürfen – sodass die Tomatensoße nur so spritzt (Nella), da erzählt Opa die Geschichte von einem Klabautermann, der keine Lust mehr hatte, zur See zu fahren. Deswegen ist er an Land gezogen und hat Windmühlen gebaut. Denn die Windmühlenflügel erinnerten ihn an die Segel eines Schiffes, die sich im Wind bewegten, das Knarren des Mühlensteins an das Knarren der Masten, und die runde Form des Gebäudes an den Bug, wo er immer lebte.

Nella kennt die Geschichte natürlich, aber das macht ja nichts. Denn jedes Mal erzählt Opa etwas dazu, mal hat der Klabauter sich verliebt und wollte deswegen an Land wohnen. Ein anderes Mal war es eine Klabauterfrau, die so gerne Brot aß, dass sie eine eigene Mühle baute, um ihr eigenes Mehl zu mahlen.

Satt schiebt Nella irgendwann den Teller weg. »Opa?«, fragt sie. »Und was ist eigentlich mit Gongern? Kann man die wieder vertreiben?«

»Hmmm«, Opa schaut Nella nachdenklich an. »Gonger mögen nicht vergessen werden«, sagt er langsam und zwinkert seiner Enkelin dann mit einem Lächeln zu. »Erinnert man sich an sie, dann verschwinden sie auch wieder und sie müssen nicht weiter herumlaufen und spuken.«

Die Küchenuhr schlägt sieben und wie auf das Stichwort kommt Ferris in die Küche geflitzt. Dicht gefolgt von seiner neuen Freundin, die zu schnell ist und auf dem glatten Küchenboden nicht mehr stoppen kann. Mit einem Rumms schlittert sie gegen die Hintertür. »Miau«, macht sie empört und rappelt sich auf. Ferris fällt mit ein: Klar, es ist Futterzeit. Und einen Augenblick miauen die beiden im Chor.

Opa legt die Gabel weg, lächelt und sagt: »Da ist ja unsere kleine Fee.«

Nella stutzt und auch Mama runzelt die Stirn.

»Fee?«, hakt Nella nach.

Aber Opa nickt nur und betrachtet die junge Katze, die zusammen mit Ferris erwartungsvoll und unruhig vor der Tür hin und her tapst.

Und jetzt sagt Mama doch was. »Fee«, wiederholt sie. »So hieß unsere Katze früher, als ich noch ein kleines Mädchen war. Sie ist schon lange nicht mehr da.« Sie spricht leise und schaut traurig von Opa zu dem Kätzchen und zurück.

»So lange hast du dir ein Kätzchen gewünscht, Tini«, Opa lächelt Mama an, nennt sie, wie er sie als kleines Mädchen genannt hat.

Mama nickt, ringt sich ein Lächeln ab. »Das stimmt«, erwidert sie.

Nella springt auf. »Fee. Der Name ist perfekt, Opa«, ruft sie, öffnet den Schrank und sucht das Katzenfutter heraus.

KAPITEL 20

Das Café Lakritz bleibt auch an den nächsten Tagen so gut wie leer. Nur wenige Urlauber verirren sich auf den Sternenhof und daher gibt es zum Frühstück nun immer den Kuchen vom Vortag.

»Mama, wollen wir heute zur Insel wattwandern?«, fragt Nella. Das machen sie jeden Sommer einmal, mindestens. Mama liebt es, auf dem Watt zu laufen. Und wenn man rechtzeitig losläuft, kann man die Insel bei Ebbe zu Fuß erreichen und von dort mit dem Schiff zum Hafen zurückfahren.

Vorher nämlich hat Mama sich jede Ferien eine Woche Urlaub von ihrem Job im Büro genommen. Dann haben sie Ausflüge gemacht, sind ins Museum in die Stadt gefahren, haben Muscheln gesucht und Ketten gebastelt. Sie haben sich Kajaks gemietet und sind die Küste entlanggepaddelt, haben Freunde besucht oder sich am Strand unter einem Sonnenschirm liegend gegenseitig vorgelesen.

Und heute ist Ruhetag. Heute hat das Café offiziell geschlossen. Heute ist also so was wie Urlaub. Wenn auch nur einen Tag lang.

»Ich muss einen Großeinkauf machen«, erwidert Mama. Sie ist stiller, seit Tagen schon.

»Aber du hast heute doch frei«, ruft Nella.

Mama seufzt. Sie schließt kurz einmal die Augen, dann aber steht sie mit einem Ruck auf, streicht Nella über die langen Haare. »Heute Nachmittag können wir was machen, was meinst du?«, sagt sie.

»Heute Nachmittag ist Flut«, murmelt Nella.

»Dann machen wir was anderes«, sagt Mama.

Nella steht auf, geht hinaus, antwortet nichts.

Sie bleibt vor dem Haus stehen und beobachtet die beiden Katzen, die sich nach dem Fressen neben die Mühle in die Sonne gelegt haben, Ferris die Pfoten von sich gestreckt, Fee zusammengerollt. Seitdem Opa die kleine Katze für Mamas Kindheitskatze gehalten hat, nennen alle sie genau so: Fee.

»Wir sollten einen Aushang machen.«

Nella dreht sich um. Da steht Kiran.

»Du meinst …« Nella deutet mit dem Kinn zu Fee.

»Vielleicht vermisst sie jemand«, sagt er.

Kiran hat recht. Nella hat zwar schon jeden gefragt, dem sie begegnet ist: die Cafébesucher aus dem Ort, auch wenn das nicht mehr viele waren. Sie hat Leute am Strand angesprochen, die hier wohnen, manchmal sogar Fremde. Sie hat bei Nachbarn geklingelt und Nabil gebeten, sich umzuhören. Aber niemand vermisst eine Katze.

»Ich bereite einen Zettel vor. Hilfst du mir?«, fragt Nella.

Aber Kiran schüttelt den Kopf. Er zeigt hinter sich, Richtung Straße. »Wir wollen heute zum Reiterhof.« Er klingt ein bisschen so, als würde er sagen, dass er kalt duschen müsse oder eine Mathearbeit schreiben oder sogar beides gleichzeitig machen. Nella muss grinsen, wahrscheinlich ist ein Tag inmitten von etlichen Pferden für Kiran sogar genauso.

»Willst du nicht mitkommen?«, fragt er unvermittelt.

Opa erscheint im Hof. Er kommt aus dem Stall, bleibt davorstehen. Er hat einen Eimer in einer Hand, Amalies Halfter in der anderen. Er schaut nach rechts, nach links, schaut in den Eimer, weiß nicht mehr, was er wollte.

Nella schüttelt den Kopf. »Ich kann Opa nicht allein lassen«, sagt sie.

»Wieso …?«, will Kiran was sagen, als Tasha in der Mühlentür erscheint, dicht gefolgt von ihren Eltern.

»Komm, Kiran«, ruft Tasha. »Ich will jetzt reiten.« Sie dreht sich zu Nella. »Auf euerem Pferd geht das ja nicht«, sagt sie.

»Kann ich hierbleiben?«, fragt Kiran, wen, weiß Nella nicht genau, ob sie oder seine Eltern, denn er schaut niemanden direkt an. Seine Lippen bewegen sich weiter, dabei hat er schon zu Ende gefragt.

»Aber wir können dich doch nicht einfach hierlassen«, sagt Kirans Mutter.

»Er kann bei mir bleiben«, entgegnet Nella, bevor sie weiß, was sie da sagt.

Kiran schaut auf. »Kann ich?«

»Aber wir sind den ganzen Tag weg«, wendet Herr Kelly ein.

Kirans Eltern zögern, werfen sich einen Blick zu. Tasha stapft ungeduldig Richtung Ausfahrt los. »Nun kommt schon!«, ruft sie.

Endlich nickt Kirans Mutter, es nickt Kirans Vater und Nella merkt, dass sie sich freut.

»Dann kann ich dir mit dem Feenaushang doch helfen«, meint Kiran.

»Und ich kann dir das Schiffswrack auf dem Watt zeigen«, sagt Nella.

»Wir könnten im Hafen die Boote angucken«, sagt Kiran.

»Und ein Eis essen«, fügt Nella dazu. »Oder sogar ein Ruderboot ausleihen.«

»Wir können Amalie füttern«, meint Kiran, aber es klingt jetzt ein bisschen so, als wäre da ein Fragezeichen am Satzende.

»Und wir können sie danach ein bisschen ausführen«, ergänzt Nella.

Kiran nickt bei dem Vorschlag sogar, sieht aber nur ein winziges bisschen überzeugt aus, seine Eltern lachen.

»Ihr habt auf jeden Fall Pläne«, sagt Herr Kelly, legt seinen Arm um die Schultern seiner Frau und steuert sie ebenfalls

Richtung Hofausfahrt, immer Tasha hinterher, die längst aus ihrem Blickfeld verschwunden ist.

Kiran atmet erleichtert auf und grinst Nella an.

»Womit fangen wir an?«, fragt er.

»Mit dem Schiffswrack«, antwortet sie, denn es ist schon ein paar Stunden Ebbe und so viel Zeit haben sie nicht mehr. »Ich hole meinen Sonnenhut und Opa. Wir brauchen Wasser und Sonnencreme und …«

»Und Kuchen«, meint Kiran.

»Davon haben wir genug«, sagt Nella.

»Wir treffen uns hier in fünf Minuten.« Kiran stürmt zurück in die Mühle, Nella sucht Opa.

Er sitzt auf einem Strohballen, das Halfter und der Eimer zu seinen Füßen, die in Gummistiefeln stecken.

»Opa, kommst du mit zum Wrack?«, fragt Nella. Dabei ist das keine Frage. Sie kann Opa nicht allein lassen, aber schafft er es bis zum Wrack? Es ist nicht so weit wie bis in den Ort.

Opa schaut Nella an. Er sieht aus, als hätte er Nella nicht verstanden. Aber dann huscht ein Lächeln über sein Gesicht, er zeigt zur Stalltür. »Dann ziehe ich aber besser die alten Turnschuhe an«, sagt er.

Nella flitzt zur Tür, holt die Schuhe, hält sie Opa hin. Er zieht die alten, grünen Stiefel aus, schlüpft in die Turnschuhe, betrachtet die Schnürsenkel, so, als hätte er noch nie welche gesehen. Er hebt sie an, denkt nach, lässt sie fallen. Er schaut Nella an, wieder runter, steht auf.

»Opa, soll ich dir eine Schleife machen?«, fragt Nella, die merkt, dass Opa wieder einen Teil von sich verloren hat.

»Was?« Opa starrt sie an.

»Die Schnürsenkel«, sagt sie. »Soll ich sie dir schnüren?«

»Das kann ich allein«, sagt er. Zu laut, so laut redet er nie mit Nella. Er setzt sich zurück auf den Ballen, beugt sich vor, zieht die Schnüre in die Höhe. Lässt sie fallen. Erhebt sich und geht los. Nella hat Angst, dass er über die Schnüre stolpert, weiß nicht, was sie machen soll.

»Opa«, ruft sie und Ocko dreht sich um. »Opa, du hast da … ein …« Sie stockt und deutet auf seine Beine. »Einen Fleck«, sagt sie und lacht fast erleichtert auf, weil ihr was eingefallen ist. »Bleib stehen, ich klopfe den Dreck schnell ab.« Und während Opa noch nach dem Fleck sucht, hat Nella sich hingekniet, klopft ein bisschen an seinem Hosenbein am Schienbein herum, sagt dann: »Oh, dein Schuh ist offen, ich mach ihn zu.« Und in Windeseile hat sie beide Schleifen gebunden, steht auf, atmet erleichtert aus.

Aus den Augenwinkeln bemerkt Nella eine Bewegung, sie dreht sich um.

»Hallo Herr Stern«, sagt Kiran, er steht in der Stalltür, lächelt schüchtern.

»Hallo, äh …« Opa stutzt und verstummt.

»Kiran«, hilft Kiran ihm aus.

Nella hebt entschuldigend die Hände, dabei weiß sie, dass sie sich nicht entschuldigen braucht.

Kiran winkt ab, aber schaut Nella an, als wüsste er etwas, was sie nicht weiß.

»Wir sollten erstmal den Aushang machen«, sagt Nella leise.

»Du hast recht«, erwidert Kiran genauso leise und lächelt ein bisschen. Nella versucht, zurückzulächeln.

KAPITEL 21

»Das sieht doch schon ganz gut aus«, meint Kiran.

Sie sitzen am Küchentisch, Stift und Papier vor sich. Kiran hält das Blatt hoch. Er liest vor, was sie geschrieben haben, in ihrer allerschönsten Schönschrift: die genaue Beschreibung von Fee und die Telefonnummer vom Sternenhof. Sie haben sogar eine Katze gemalt in den drei Farben, die Fees Fell hat: weiß, braun, schwarz.

Nella nickt geistesabwesend, lauscht aber gar nicht Kirans Stimme, sondern ins Wohnzimmer. Dort, wo Opa auf dem Sofa liegt und liest. Soll sie nach ihm schauen? Ist sie jetzt der Babysitter, wo doch Opa immer die Ferienbetreuung übernommen hatte? Nella schluckt.

»Und dann habe ich noch dazugeschrieben«, redet Kiran weiter, »dass wir außerdem einen zweiköpfigen Drachen gefunden haben, der auch jederzeit abgeholt werden kann.« Er macht eine Pause. »Nella?«

»Gut«, murmelt Nella. »Das passt.«

»Was, das mit der Katze oder das mit dem zweiköpfigen Drachen?«

»Hä?« Nella guckt jetzt endlich wieder zu Kiran und dem Aushang. »Was für ein Drache?«

»Du hast mir gar nicht zugehört«, stellt Kiran klar. Aber er sagt es nicht böse, sondern eher nachdenklich.

»Tut mir leid«, sagt Nella. »Lies noch mal vor.«

Aber Kiran schüttelt den Kopf. Legt das Blatt auf den Tisch. »Oma hatte das auch«, sagt er plötzlich und irgendwie schnell, leiser und trauriger. Er deutet mit dem Kopf Richtung Tür, Richtung Wohnzimmer.

Nellas Kopf fährt herum. »Was hatte deine Oma auch?«

»Demenz«, kommt die Antwort.

Nella kneift den Mund zusammen, nickt dann niedergeschlagen. »Deine Oma in den Bergen?«, fragt sie dann.

»Ja«, antwortet Kiran. »Am Anfang hat sie nur hier und da etwas vergessen. Verwechselt. Ein Wort nicht gefunden, einen Namen. Oder so …«, endet er etwas lahm, hebt die Schultern und Nella weiß dennoch ziemlich genau, was *oder so* bedeutet.

Sie sitzen einen Augenblick stumm da. »Jetzt können wir gar nicht zum Schiffswrack, dafür ist es zu spät. Und auch nicht in den Ort und den Aushang kopieren und aufhängen. Nicht bevor Mama wieder da ist.« Nella weiß, dass sie Opa nicht allein lassen kann.

»Das macht doch nichts«, sagt Kiran und es klingt, als würde es ihm wirklich nichts machen.

Nella hebt trotzdem die Augenbrauen.

»Echt, ich bin einfach gern hier auf dem Hof«, sagt er.

»Auch mit all den Tieren?« Nella zwinkert ihm zu und Kiran muss lachen.

»Auch mit all den Tieren. Oder sagen wir, trotz aller Tiere.« Er denkt nach, spricht weiter: »Ich mag das Rauschen des Meeres, man hört es bis hier. Ich mag den Geruch von Lakritz.«

Nella verzieht ihren Mund, der Geruch, der doch eigentlich gar nicht hierhergehört. Den mag er?

Kiran fährt fort: »Die Mühle ist so cool. Ich habe noch nie in einem runden Haus gewohnt. Auch wenn da Fledermäuse drin sind«, fügt er rasch hinzu, weil Nella bereits den Mund aufgemacht hat, um dazu was zu sagen. Aber weil es tatsächlich um die Fledermäuse gehen sollte, macht sie den Mund wieder zu.

»Ich mag das Café und den besten Kuchen der Welt, den deine Mutter macht«, sagt Kiran, hält eine Hand hoch, zählt an den Fingern ab. »Ich mag Nabils Musik. Und Tilkes lustige Frisuren. Ich mag das Watt. Das Lachen der Möwen.« Kiran grinst. »Und die Geschichten deines Opas.«

Nella grinst Kiran zurück an. Wer hätte gedacht, dass Kiran so gerne redet, der verschlossene Junge von vor ein paar Tagen ist nicht mehr da. Na ja, jedenfalls solange seine Schwester nicht in der Nähe ist.

»Nur den Gonger, den mag ich nicht«, schließt Kiran seinen Vortrag über den Sternenhof am Meer ab.

»Der Gonger!«, sagt Nella. »Es gibt keine Geister.« Dabei muss sie an Kirans erste Nacht auf dem Sternenhof denken, als sie beide gesehen hatten, wie jemand auf dem Deich herumschlich.

»Ich meine doch diesen Typen«, sagt Kiran. »Ich finde, Gonger passt zu ihm, immer taucht er irgendwo auf und …«

»… und er ist irgendwie unheimlich«, führt Nella den Satz zu Ende, wispernd. Gonger passt. So wie der Typ auch auf dem Deich einfach plötzlich verschwunden war, wie vom Erdboden verschluckt. Sie springt auf und läuft zur Küchenkommode. »Der Gonger hat Mama einen Brief geschickt«, sagt sie und berichtet von dem großen Umschlag, der durch den Briefschlitz geschoben wurde. Der Umschlag, der jetzt nicht mehr da ist.

»Du bist dir sicher, dass es der Gonger war?«, hakt Kiran nach.

Nella zuckt mit den Achseln, sucht in den Schubladen und im Küchenschrank. Aber der Umschlag ist weg. »Nein, aber ich habe ein Auto wegfahren gehört. Unser Briefträger kommt mit dem Fahrrad und bringt die Post nur bis zum Briefkasten an der Straße. Und das macht er morgens und nicht abends.« Sie stemmt die Hände in die Hüften und fügt hinzu: »Das Auto klang ganz genauso wie ein Sportwagen.«

»Du kennst dich mit Autos aus?« Kiran klingt beeindruckt.

»Der Motor hat so aufgeheult«, murmelt Nella. »So klingen doch Sportwagen, oder?«

»Keine Ahnung«, sagt Kiran.

Aber Nella ist sich sicher, dass es der Gonger war. Wer denn sonst? Aber warum und was er will, das kann sie sich einfach nicht erklären.

Im Wohnzimmer ist Opa eingeschlafen, das Buch, das er gelesen hat, liegt auf seinem Bauch, bewegt sich auf und ab bei jedem Atemzug. Auf Zehenspitzen geht Nella wieder aus dem Zimmer heraus.

»Wollen wir Amalie ausführen?«, fragt Nella, erwartet ein Kopfschütteln und ist überrascht, dass Kiran zustimmt.

Sie treten aus der Küche in den Sonnenschein und es ist sofort, als ob sie eine Heizdecke einhüllt: die Hitze steht im Hof, kein Windhauch bewegt die Luft.

»Wenn Mama zurück ist, könnten wir uns im Meer abkühlen«, schlägt Nella gerade vor.

Und wie aufs Stichwort fährt Mama auf den Hof, hält vor der Scheune an, steigt aus, winkt. Tilke springt aus dem Auto, ihr Haar zu einem dicken, runden Dutt aufgetürmt, der bei jedem Schritt hin und her schwingt. Sie öffnet die Heckklappe, beginnt mit dem Ausladen. Auch Mama verschwindet mit einem Karton voller Mehl im Café, als ein zweites Auto die Einfahrt hochfährt.

»Der Gonger!«, wispert Kiran und auch Nella erwartet, den

silbernen Sportwagen zu sehen. Aber es ist ein kleines, blaues Auto, aus dem eine Frau und ein Mann steigen. Die Frau hat ein Klemmbrett in der Hand, fächelt sich Luft zu.

»Gäste«, murmelt Nella.

Kaum hat sie das gesagt, taucht Mama auf der Terrasse auf und ruft: »Tut mir leid, wie haben heute Ruhetag.«

Der Mann antwortet etwas, geht mit der Frau und dem Mann auf die Terrasse. Mama versteift sich, das sieht Nella ganz genau, so sieht Mama aus, wenn ihr was nicht gefällt: steif wie ein Stock.

»Komm«, wispert sie Kiran zu, dabei kann sie von hier niemand hören. Sie rennt geduckt wie eine Diebin los und versteckt sich hockend hinter einem der großen Pflanzenkübel. Der Duft nach Lakritz ist hier besonders stark.

»Aber wer …?«, sagt Mama gepresst, beendet den Satz nicht.

»Wir müssen leider jeder Beschwerde nachgehen«, sagt die Frau, sie klingt spitz, kurz angebunden, fast unfreundlich.

»Beschwerde?« Nella haucht das Wort nur, guckt Kiran an.

Der zuckt mit den Schultern.

»Aber wer hat sich denn beschwert?«, ruft Mama, die Hände ineinander verschränkt, so, dass ihre Knöchel ganz weiß werden. »Und worüber?«

»Warum zeigen Sie uns nicht einfach Ihre Küche, Frau Stern?«, sagt der Mann.

»Aber …«, beginnt Mama, dreht sich um, geht vor.

»Buh!«

Nella fährt herum und in die Höhe, die Hand aufs Herz, das augenblicklich lospoltert.

»Tasha! Wo kommst du denn her?«

»Was macht ihr hier?«, fragt Tasha, statt zu antworten. »Belauscht ihr die?« Sie zeigt auf die Terrasse, die nun leer ist, die drei Erwachsenen sind im Café verschwunden.

»Ne«, sagt Kiran.

»Ja«, sagt Nella. »Ich will wissen, was da los ist.« Sie legt den Finger auf die Lippen und schleicht zwischen den Kübeln hindurch auf die Terrasse, in die Scheune, Kiran und Tasha dicht hinter ihr.

KAPITEL 22

Die Schwingtüren zur Caféküche gehen zu. Nella und die Zwillinge stellen sich rechts und links daneben auf, versuchen ein Wort zu verstehen, aber da ist nur Stimmengemurmel. Da kann Nella die Ohren so weit aufsperren, wie es geht, die Stirn noch so sehr in Konzentration runzeln. Sie hört, wenn die Fremden was sagen, erkennt die Stimme ihrer Mutter, aber versteht kein Wort.

Plötzlich schwingt die Tür wieder auf, Nella bleibt vor Schreck das Herz stehen. Aber es ist nur Tilke, die ihre Augen aufreißt, zusammenfährt und stehen bleibt.

»Was macht ihr denn hier?«, wispert sie.

»Wer ist das?«, wispert Nella zurück, ohne die Frage zu beantworten.

Tilke greift Nella am Unterarm, sanft, aber energisch, zieht sie von der Tür weg, macht dabei »Psssst«. Kiran und Tasha folgen ihnen. Zurück auf der Terrasse antwortet Tilke endlich: »Das Gesundheitsamt. Jemand hat sich über das Café beschwert.«

Nella spürt, wie Empörung in ihr hochrollt, vom Bauch bis zu den Haarspitzen, wie eine heiße Welle. Sie vergisst dabei, dass sie sich auch immer über das Café ärgert, darüber aufregt, es gar nicht will, dieses doofe Café. Aber dass sich jemand beschwert und das Gesundheitsamt ruft, das will sie irgendwie auch nicht.

»Aber worüber beschwert? Und wer?«, fragt Nella.

Tilke hebt die Schultern. »Sie sagen nicht, wer es war, aber jetzt prüfen sie alles.« Sie tätschelt Nellas Schulter, so wie sie immer Amalies Hals tätschelt, eher ein Klopfen. Es soll trösten. »Mama hat alles im Griff, jede Erlaubnis, alle Gesundheitspässe, alle Kontrollen bisher bestanden.« Tilke nickt. »Da will uns nur jemand ärgern.«

Bei den Worten tauschen Kiran und Nella einen Blick, Tasha zieht ihre Nase kraus.

»Wer?«, fragt Nella leise.

»Der Gonger!«, flüstert Kiran.

»Wer?« Das fragt jetzt Tilke und lacht ein bisschen.

Kiran kneift die Lippen zusammen und Tasha verdreht die Augen.

Es dauert eine Weile, bis Mama mit den Leuten vom Gesundheitsamt herauskommt. Sie sieht wieder einigermaßen entspannt aus, ihre Hände baumeln ruhig an ihrer Seite.

»Nichts für ungut, Frau Stern«, sagt der Mann jetzt. »Wir müssen solchen Sachen nachgehen. Aber alles hier ist in bester Ordnung.«

Die Frau ist in der Scheunentür stehen geblieben, fächelt sich noch immer mit ihrem Klemmbrett Luft zu, atmet hörbar aus. »Schön haben Sie es hier. Und wie es duftet ...« Sie lächelt Mama an, sieht die Kinder und nickt ihnen zu. »Schade, dass Sie heute geschlossen haben«, fügt sie noch hinzu, geht mit einem Winken zu ihrem Auto.

Mama lässt sich auf einen der Terrassenstühle sinken. »Puh«, macht sie. »Puh.«

»Ich mach dir einen Kaffee«, sagt Tilke und geht hinein. Mittlerweile bedient sie das Kaffeemaschinenmonster, als hätte sie nie etwas anderes gemacht.

»Danke«, sagt Mama, entdeckt die anderen, lächelt. »Und ihr, was macht ihr?«

»Wir wollten Amalie ausführen.« Sie guckt zu Kiran und Tasha. »Vielleicht baden, es ist so heiß.«

Plötzlich setzt sich Mama wieder auf. »Wo ist Ocko?«

»Er schläft auf dem Sofa«, erwidert Nella. »Er ...« Sie beißt sich auf die Zunge. Von den Schleifen, die Opa nicht mehr zubinden konnte, wird sie jetzt lieber nichts erzählen. »Wir sind dann mal weg«, sagt sie stattdessen.

»Viel Spaß und bis später.«

Unter dem Kirschbaum bleiben sie stehen. »Wir holen Badesachen, dann das Pferd, einverstanden?«

»Das Pferd kommt mit zum Baden?«, will Kiran wissen, schluckt und denkt nach.

»Warum nicht?«, ruft Nella, läuft zum Haus. »Amalie kann eine Abkühlung genauso gut gebrauchen wie wir.«

Ein paar Minuten später stehen sie auf der Koppel. Amalie hat sich unter einen Baum am Weidenrand gestellt, schnauft zur Begrüßung.

Tasha hält Nella ihre Hand entgegen: »Kann ich das Halfter haben? Wir haben das heute auf dem Reiterhof gelernt.«

Nella hält ihr das Halfter hin, Tasha greift zu, rennt los. Nach vier Versuchen hat sie es geschafft, das Halfter über Kopf und Ohren zu ziehen und ums Maul anzulegen, während Kiran den Hals der Stute streichelt.

Kein bisschen Angst ist mehr in sein Gesicht geschrieben, stellt Nella zufrieden fest.

Tasha lässt das Halfter auch nicht mehr los, also führt sie die Stute über den Hof, am Kirschbaum vorbei zum kleinen Pfad.

Sie laufen ein Stück unten am Deich entlang, über 2000 Schritte sind es bis zum Fluttor. Das weiß Nella, weil sie die schon früher mal gezählt hat.

»Dieser Typ war übrigens auch auf dem Reiterhof«, sagt Tasha plötzlich.

»Welcher Typ«, fragt Nella, dabei weiß sie, noch während sie das fragt, wen Tasha meint.

»Der Gonger«, kommt es sofort von Kiran.

»Was hast du nur immer mit diesem Gonger?« Tasha guckt ihren Bruder an, so von oben herab irgendwie. Dabei ist sie nicht einmal größer als er und bekommt es trotzdem hin.

»War es der Typ mit dem Anzug und jetzt dem bunten Hemd und dem Sportwagen?«, will Nella wissen.

»Genau«, sagt Tasha. »Der hat sich den ganzen Hof angeguckt und dann ewig lange mit der Reitfrau da gesprochen.«

Mit Reitfrau meint sie bestimmt Weda, die Reiterhofbesitzerin, denkt Nella.

»Und deswegen mussten wir ständig doof herumstehen und warten, bis die fertig geredet hatten«, ruft Tasha, wirft ihren freien Arm empört in die Luft.

Amalie schnaubt mitfühlend.

»Und hast du gehört, was der Typ wollte?«, erkundigt sich Kiran.

»Ne«, sagt Tasha. »Hat mich auch nicht interessiert. Aber dann hat er ihr einen Umschlag gegeben und ist endlich weggefahren.«

»So einen großen braunen Umschlag?«, hakt Nella nach.

»Glaub schon«, meint Tasha.

Kiran und Nella gucken sich an und Nella weiß, was sie nachher tun muss: diesen Umschlag finden, damit sie endlich weiß, was der Gonger eigentlich will.

Hinter dem Fluttor ist der Strand leer.

»Hundestrand«, liest Kiran das alte, verwitterte Schild vor, das neben dem Strandeingang steht, schief und verrostet.

»Und heute auch Pferdestrand«, meint Nella und lacht.

Es ist Hochwasser, winzige Wellchen platschen auf den weißen, heißen Sand, färben ihn hellbraun.

Nella und die Zwillinge ziehen ihre Kleider aus, die Badesachen haben sie praktischerweise längst vorher untergezogen. Sie werfen ihre Sandalen neben den Klamottenberg, rennen zum Wasser. Amalie trottet gut gelaunt mit.

»Haben Pferde denn keine Angst vor Wasser?«, wundert sich Kiran laut.

»Nicht alle sind so Schisser wie du«, ruft Tasha und stakst wie ein Pelikan ins Meer, Amalie immer an ihrer Seite.

»Seit Amalie ein Fohlen war, sind wir mit ihr ans Meer gegangen, sie hat sich schon früh ans Wasser gewöhnt«, sagt Nella. Siebzehn wasserspritzende Laufschritte weiter fügt sie hinzu: »Passt auf, hier wird es schnell tief.«

»Können Pferde schwimmen?«, fragt Kiran, der jetzt selbst genau das tut. Seine Angst vor Krabben und Fischen scheint verschwunden.

Auch Nella beginnt brustzuschwimmen, zwar kann sie noch stehen, so gerade noch. Aber schwimmen ist einfacher als in so tiefem Wasser zu laufen.

Die alte Stute schnauft und schnaubt, als auch ihr das Wasser bis zur Mähne reicht, die jetzt im Wasser schwebt, wie lange, dunkle Algen.

»Halt das Halfter gut fest«, sagt Nella.

»Klar!« Tasha planscht neben Amalie her, wie eine fröhliche Robbe.

Kiran bleibt auf Abstand, Nella hält sich an Amalies Rücken fest, hat eine Idee. »Willst du mal reiten, Kiran?«

»Ich kann doch gar nicht reiten«, ruft er.

»Ich dachte, Amalie ist kein Reitpferd«, ruft Tasha gleichzeitig.

»Im Wasser kann jeder reiten«, behauptet Nella. »Tasha, halt das Halfter gut fest. Kiran, komm.« Sie winkt Kiran zu, und weil einhändig schwimmen nicht besonders gut geht, gluckert sie kurz unter, taucht prustend wieder auf.

Kiran macht zwei zögerliche Züge auf sie zu. »Ich soll …?« Er spricht nicht zu Ende.

»Klar«, sagt Nella, zeigt auf Amalies Rücken. »Du setzt dich drauf, Tasha führt!« Nella deutet zum Strand. »Zurück. Hier wird es zu tief, mit Amalie sollten wir nicht zu weit raus.«

»Schwimmführt«, korrigiert Tasha gackernd Nellas Anweisung und schwimmt eine Kurve, paddelnd wie ein Pudel, mit Halfter in der einen Hand. Amalie folgt ihr ohne Zögern.

Und tatsächlich. Zwei Minuten später sitzt Kiran auf dem Rücken, klammert sich mit den Beinen fest, sonst würde er ja nur über ihr im Wasser schweben, schwimmt nur mit den Armen. Seine Augen leuchten.

Nella lacht.

Tasha dreht sich um, sieht ihren Bruder da sitzen, grinst.

Ihre langen Haare kleben ihr nass im Gesicht. Und trotzdem kann Nella auch ihre leuchtenden Augen sehen. Sie leuchten genau wie die von Kiran: beide tiefblau, so gleich und jetzt so strahlend. Die Zwillinge gucken sich an wie Freunde, denkt Nella, nicht wie sonst. Nicht wie streitende Geschwister, einer still, eine gemein.

Sieben Schwimmzüge weiter hat das Pferd wieder Boden unter den Füßen und Kiran dreht sich zu Nella um. »Ich reite«, sagt er erstaunt.

Amalie wirft ihr Haupt zurück und wiehert. Das wird Kiran dann wohl doch etwas unheimlich und er rutscht rasch von ihrem Rücken zurück ins Wasser.

Und Tasha tätschelt der Stute den Hals. »Gut gemacht«, sagt sie zu ihr. »Gut gemacht.« Ob sie damit meint, dass sie Kiran getragen hat oder ihn dazu gebracht, abzusteigen, weiß Nella nicht.

Und es ist auch egal.

Abgekühlt, tropfend, mit den Sommerkleidern einfach über die nassen Badesachen gezogen, laufen Nella und die Zwillinge langsam zurück zum Hof. Die Nachmittagssonne so heiß, dass sie wieder fast ganz trocken sind, als sie dort ankommen.

Der Hof ist wie ausgestorben. Die Hühner haben sich unter die Büsche in den Schatten hinter der Mühle verkrochen, zu müde, um nach Würmern zu suchen. Tilke ist unterwegs im Ort, die Katzen nirgends zu sehen und die Kellys sind in der

Mühle. Opa Ocko liegt noch immer auf dem Sofa, das Buch jetzt vor der Nase, ein Lächeln im Gesicht.

Mama sitzt nachdenklich am Küchentisch, blättert durch dicke Ordner, studiert eng bedruckte Papiere und hebt kaum den Kopf zur Begrüßung, als Nella hereinkommt.

Auch beim Abendessen ist Mama mit ihren Gedanken nicht wirklich dabei, spricht kaum. Auch nicht, als Nella von ihrem Plan erzählt, morgen mit den Zwillingen zum Wrack zu gehen, in aller Frühe, weil die Ebbe früh dran ist morgen.

Tilke sagt auch wenig. Heute trägt sie geflochtene Zöpfe, fünf Stück, und stochert nur in ihrem Auflauf herum. Opa vergisst es ganz und gar den Auflauf zu essen und Mama bemerkt nicht einmal, dass er Tilke zwei und Nella ein Mal mit ihrem Namen - Kristine - anspricht. Sie wundert sich auch nicht darüber, als er Nella fragt, wie es heute in der Schule war. Sie sagt nichts, als Nella wissen will, was in dem Umschlag war. Die ganze Zeit blinzelt sie nur geistesabwesend ins Leere und isst als Einzige am Tisch ihren Teller leer.

KAPITEL 23

Wie schnell man sich an die Ferien gewöhnt, an den langsameren Rhythmus, daran, dass kein Wecker am Morgen klingelt, man einfach in den Tag hineinleben kann. Nella dreht sich noch einmal im Bett um, landet dabei mit dem Kopf auf der Stelle des Kopfkissens, auf die die Morgensonne fällt durch den schmalen Schlitz der Vorhänge. Warm wie eine Wärmflasche. Nella lächelt mit geschlossenen Augen.

Wumms.

Etwas landet auf ihrer Decke, auf ihr, Nella reißt die Augen auf, ihr Herz schlägt augenblicklich doppelt so schnell.

»Fee!«

Die kleine Katze guckt Nella aus grünen Augen an, zwinkert, so als wäre nichts. Und wo Fee ist, da ist Ferris nicht weit. Der Kater stolziert gemächlich durch Nellas angelehnte Zimmertür herein, bleibt am Boden stehen, macht nur einmal »Miau!«, fordernd und laut.

»Ihr habt euch wohl noch nicht an die Ferien gewöhnt, da gibt es das Frühstück doch später«, murmelt Nella mit einem Lachen und einem Blick auf die Uhr auf ihrem Nachttischchen. »Oh nein, so spät schon, es ist längst Ebbe!« Sie hüpft aus dem Bett, zieht sich an, putzt Zähne und füttert die Katzen. Sie packt einen kleinen Rucksack mit Wasser und Äpfeln, zieht Turnschuhe an und isst einen der übrig gebliebenen Muffins aus dem Café. Das alles in unter zwanzig Minuten.

»Wo sind eigentlich die anderen? In der Scheune?«, fragt Nella Fee und kniet sich zu dem kleinen Kätzchen herunter, das fertig gefressen hat, sich nun zufrieden streckt, bereit für ihr erstes Tagschläfchen. »Und nachher verteilen wir deine Vermisstenanzeige, versprochen«, fügt Nella hinzu und schiebt diesen Gedanken dann aber ganz schnell weg. Daran kann sie später wieder denken, heute gehört die kleine Fee noch zu ihnen.

Opa werkelt bereits in der Scheune. Er sitzt auf dem Kutschbock, den Werkzeugkasten an seiner Seite. Energisch hämmert er eine Eisenleiste am Kutscheneinstieg fest, laut und schnell, da hört er Nellas Morgengruß nicht. Erst als sie fast neben ihm steht, bemerkt er sie, lässt vor Schreck den Hammer fallen.

»Oh, Opa, ich wollte dich nicht erschrecken«, ruft Nella, hebt schnell den Hammer auf.

»Schon gut.« Opa lacht jetzt, zeigt auf seine Ohren. »Die

funktionieren nicht mehr so gut.« Dann fährt er mit den Fingern über die Leiste: »Splitterschutz«, erklärt er ihr.

»Wir gehen zum Wrack«, sagt Nella, nur zur Sicherheit, falls Opa das vergessen haben sollte. »Kommst du mit?«

Opa schüttelt den Kopf. »Ich wollte noch die Bremsen reparieren und dann eine Probefahrt machen.« Opa fischt einen Nagel aus dem Kasten, hebt den Hammer. »Wir sehen uns später.«

»Bis später«, ruft Nella, aber Opa hämmert längst schon wieder los, hört nichts mehr. Nella bleibt trotzdem kurz stehen, freut sich einfach darüber, dass es Opa gut geht.

In der Scheune sitzen die Kellys bereits alle am Tisch. Kiran hebt die Hand zum Gruß, Tasha guckt nur kurz von ihrem Teller hoch. Tilke steht hinter dem Tresen, räumt Limonadenfläschchen und Wasser in den geräumigen Kühlschrank, ihre langen Haare am Hinterkopf zu einem schneckenförmigen Dutt eingerollt. Und Mama ist in der Küche, Rührgerät in der Hand, halb verborgen hinter einer riesigen Schüssel. Neben ihr eine dreistöckige Torte, Mamas berühmte Erdbeersahne, das erkennt Nella sofort, als sie durch die Schwingtüren lugt.

»Wir müssen los«, ruft Nella ihrer Mutter zu. »Ich zeige Kiran und Tasha das Wrack«, ergänzt sie, obwohl das doch längst besprochen war.

Mama schaltet das Gerät aus, hält es mit den Rührhaken Richtung Nella, wie eine Pistole. Eine Pistole, von der leckerer, süßer Teig tropft.

Mama macht den Mund auf, sie will was erwidern, doch Nella ist schneller: »Und wenn du jetzt sagen willst, wir sollen aufpassen – wegen der Priele. Und dass wir die Uhrzeit im Blick haben sollen, wegen der Flut. Und dass wir uns vertragen sollen, genug Wasser trinken und überhaupt, dann sag es schnell: Denn wir müssen los, es ist schon eine ganze Weile Ebbe.«

Mama fängt an zu lachen, lässt den Rührhaken sinken und zwinkert Nella zu. »Ich wollte euch eigentlich nur viel Spaß wünschen. Aber was du gesagt hast, ist auch gut.« Sie wirft Nella eine Kusshand zu, Nella luftküsst zurück, dreht sich um.

Hinter ihr steht Kiran, mit Rucksack auf dem Rücken, bereit für ihre Wanderung. Nur Tasha steht maulend am Tisch, fragt ihre Eltern: »Kann ich nicht hierbleiben?«

»Wir wollten doch eine Bootsfahrt machen«, antwortet Frau Kelly. »Wenn du das lieber …«

»Kann ich nicht einfach in der Mühle bleiben?«, fragt Tasha noch einmal. »Ich brauch keinen Babysitter.«

»Wir müssen los«, ruft Nella, läuft zur Tür, Kiran neben ihr.

»Vielleicht seht ihr ja ein paar Robben«, sagt Tilke etwas atemlos, eine schwere Kiste Flaschen im Arm, die sie mit einem Rumms auf den Boden stellt. »Oder ihr helft mir Getränke reintragen, ein paar Kästen sind noch draußen im Kofferraum«, schlägt sie vor, wischt sich die herausgelösten Haarsträhnen aus dem Gesicht, stöhnt.

Tasha dreht sich um, gesellt sich zu Nella und Kiran. Ob es

der Gedanke an Robben war oder die Vorstellung, Kisten zu schleppen, weiß Nella nicht.

»Was wartet ihr noch? Lasst uns los«, meint Tasha und geht vor.

Der Weg zum Wrack dauert eine ganze Weile. Immer wieder bleiben sie stehen, hüpfen über winzige Rinnsale hinweg, die sich durchs wellige Watt schlängeln, manchmal sehen sie winzige Fische darin mitschwimmen. Hier draußen auf dem Meeresgrund ist es kühler als am Strand, die Hitze macht hier eine Pause, es weht ein Wind fern von der Küste.

Kiran hält immer wieder an, betrachtet eine Muschel oder eine Krabbe, die wie sie auch über das Watt wandert, das Wasser sucht. Nur Tasha schaut weder nach links noch nach rechts, auch nicht auf den Boden. Ihren Blick starr nach vorne gerichtet, marschiert sie in riesigen Schritten voran, Schritte, die doppelt so lang sind wie Nellas. Ganz so als würde sie diese Sache so schnell wie möglich hinter sich bringen wollen.

»Es gibt eine Legende, dass hier ein riesiger Meeresdrache alle Schiffe zum Meeresgrund gezogen hatte, ein Lindwurm, so lang wie die Küste«, erzählt Nella eine von Opas Geschichten.

»Ein echtes Ungeheuer«, meint Kiran und lacht, Tasha rollt mit den Augen.

»Da!« Nella zeigt nach vorne.

»Wow«, ruft Kiran, folgt ihrem Blick.

Kurz bleibt Kiran stehen, hält die Hand über die Stirn, als Sonnenschutz. »Wow«, wiederholt er leise.

Vor ihnen ragen riesige Rippenknochen aus dem Meeresboden empor.

KAPITEL 24

Es sind die Schiffsreste, bogenförmige, verwitterte Holzplanken, die aus dem Meeresbogen herausstehen. Sie erinnern gerade noch so an die ovale Form eines Schiffsrumpfes.

»Das sieht wirklich aus wie ein riesiges Gerippe«, wispert Kiran ehrfürchtig. »Von einem riesigen Seeungeheuer.«

»Das war ein Segelschiff«, sagt Nella. »Ein Dreimaster.« Sie lacht. »Seeungeheuer klingt aber besser.«

»Ein Piratenschiff?«, fragt Kiran. »Das waren ja eigentlich auch Seeungeheuer. Wie sie die Handelsschiffe einfach überfallen haben.«

»Vielleicht«, erwidert Nella. »Es ist jedenfalls schon ein paar Hundert Jahre alt.« Sie gehen mal um die Holzplanken herum. »Opa hat einmal ein Wrack gefunden, aber als er ein paar Tage später wiedergekommen ist, da war es verschwunden.«

»War es ein Geisterschiff?« Kirans Augen leuchten und Tasha stößt einen lauten Seufzer aus.

Nella schüttelt den Kopf, überlegt es sich anders, und nickt. »Alles ist immer in Bewegung, der Sand, die Meeresströmungen … Manchmal tauchen Bootsteile auf und verschwinden wieder.«

»Wow.«

»Was auf dem Boden des Meeres wohl noch alles versteckt ist?«, sagt Nella leise. Wie oft hat sie darüber schon nachgedacht. Auch darüber, dass das Meer nur ab und zu eins seiner Geheimnisse an Land spült.

»Ganze Städte sind schon versunken, ganze Inseln«, wispert Kiran, schaut sich in alle Richtungen um, so als würde er damit rechnen, hier und jetzt Atlantis zu entdecken.

»Wo sind denn die Robben?«, erkundigt sich Tasha, in einer Stimme, die Langeweile ausdrückt. Ungeduld.

Nella will antworten, als Kiran in die Luft springt, aufkeucht, ganz so, als wäre das Seeungeheuer lebendig geworden.

Erschrocken fährt Nella zu ihm herum.

»Ist dir eine Krabbe über den Fuß gelaufen?«, fragt Tasha und rollt die Augen.

»Nein«, murmelt Kiran, hockt sich hin und studiert seine Fußsohle. »Ich bin nur auf eine Muschel getreten.« Er fährt mit dem Finger über seinen Fuß. »Ist nicht schlimm.«

Nella hockt sich neben ihn hin, sieht den schmalen, hellroten Schnitt. »Mist«, sagt sie. »Diese kleinen Schnitte tun immer besonders weh.«

»Ich habe meine Turnschuhe mit«, sagt Kiran, »ich ziehe sie besser mal an.«

Damit Kiran sich nicht ins nasse Watt setzen muss, holt Nella ihm die Schuhe aus dem Rucksack, stützt ihn, während er sich die Füße trocknet, die Schuhe überstreift.

»Geht's?«, erkundigt sich Nella.

Kiran nickt.

Nella schaut zur Sonne und Richtung Horizont. »Wir sollten zurück«, sie deutet nach links. »Siehst du den Priel dort?«

Einer der kleinen Bäche von eben ist nun bereits ein breiter Fluss.

»Das ging aber schnell!« Kiran zieht die Augenbrauen in die Höhe.

»Die Flut kommt schnell rein. Schneller als man glaubt. Und wenn wir nicht zurückgehen, kommen wir über diesen Priel nicht mehr rüber, der wird richtig tief.« Nella wirbelt um die eigene Achse. »Wo ist Tasha?«

Kiran kneift die Augen zusammen, hält eine Hand wie einen Schirm über die Stirn. »Da, dahinten ist sie, ich erkenne sie an ihrem Gang.«

»Tasha!« Nella ruft laut.

Und Kiran legt die Hände an den Mund, wie einen Trichter. »Tasha!«

Tasha dreht sich um.

»Komm zurück, die Flut kommt«, brüllt Nella so laut sie kann, winkt ihr zu, zeigt, dass sie zurücklaufen soll, zu ihnen.

Tasha hebt ihre Arme, deutet hinter sich, immer wieder, in die andere Richtung, geht dann einfach weiter.

»Nein!«, Nella wird unruhig, schreit lauter. »Komm zurück!«

Noch einmal bleibt Tasha stehen, zeigt wieder nach vorne, geht wieder weiter.

»Wenn sie nicht umkehrt, dann ist es zu spät.« Nellas Herz wummert, sie weiß für einen Augenblick nicht, was sie machen soll, erstarrt vor Sorge.

Kiran greift nach ihrem Arm. »Nella, wir müssen hinterher. Sie holen.«

»Nein.«

»Aber ...«

»Nein, nicht wir. Ich gehe allein. Und werde mit ihr dann versuchen, den Priel zu umrunden, durchgehen werden wir nicht mehr schaffen. Wenn wir uns beeilen, dann ...« Sie zeichnet mit ihrem Arm den Weg in die Luft, den sie gehen will, an der Wasserkante entlang, weg vom Priel. In der Hoffnung schneller zu sein als das Wasser.

»Aber ...«, sagt Kiran noch einmal.

»Und du holst Hilfe«, ruft Nella, die bereits losrennt.

»Aber ...«, beginnt Kiran wieder, doch dann nickt er, und rennt in die entgegengesetzte Richtung, zum Strand, davon.

»Tasha!« Nella ruft immer lauter. Der Rucksack mit den Wasserflaschen darin knallt ihr mit jedem Schritt schmerzhaft gegen den Rücken. »Bleib stehen!«

Zum Glück geht Tasha und deswegen schafft Nella es, sie rennend einzuholen. »Tasha, wir müssen sofort umkehren, jetzt!«

»Aber schau doch!« Tasha deutet wieder nach vorne.

Nella sieht jetzt auch, was Tasha meint. Wo sie hinwill. »Heuler«, keucht Nella, gänzlich außer Atem jetzt, vom Laufen, vor Angst.

»Wie bitte?« Tasha fährt zu ihr herum. »Wenn hier einer heult dann ist das ja wohl Kiran, diese Heulsuse.« Sie schaut sich um, sieht ihren Bruder nicht. Zuckt die Schultern.

»Die Robbe«, stößt Nella hervor. »Das ist ein Baby. Die nennt man Heuler.« Kurz betrachtet sie das flauschige Tier, mit den riesigen, runden Augen, das sie ebenfalls zu betrachten scheint. Dann versucht sie Tasha wegzuziehen. »Tasha, ich meine es ernst. Wir müssen zurück. Sonst schaffen wir es nicht mehr an Land.«

»Wir stehen doch auf Land«, sagt Tasha. »Und das Baby ist völlig allein. Wir müssen ihm helfen. Wie soll es denn ohne seine Mama dort überleben? Was ist, wenn ihm was passiert? Ich kann es doch nicht einfach im Stich lassen! Was ist, wenn es verhungert?« Tasha klingt atemlos, richtig besorgt, läuft schon wieder einfach los.

Und schon wieder ruft Nella ihr hinterher. »Stopp. Wir müssen zurück.« Hilflos fügt sie hinzu: »Bitte.«

»Das Baby …«

»Die Mutter wird in der Nähe sein, sie jagt bestimmt nur.

Heuler müssen in Ruhe gelassen werden. Und wir müssen zurück!« Nella spricht so hastig, dass sie sich verschluckt und anfängt zu husten.

Endlich bleibt Tasha stehen. Sie mustert Nella. Will etwas sagen. Aber dafür ist keine Zeit. »Glaub mir einfach, Tasha«, sagt Nella.

Tasha zögert.

»Wir müssen zurück.« Nella spricht jetzt ganz langsam, Silbe für Silbe. »Sonst schaffen wir es nicht.«

Mit einem Blick zum Heuler, einem zu Nella nickt Tasha endlich, geht los.

»Renn«, ruft Nella. »Wir müssen rennen.«

KAPITEL 25

Keine zehn Schritte weiter stoppt Tasha, schaut sich panisch um. »Wo ist Kiran?«

Nella greift nach Tashas Handgelenk, zieht sie weiter. »Ich habe ihn zurückgeschickt, Hilfe holen.«

»Er ist in Sicherheit?«, will Tasha wissen, ihre Stimme atemlos.

»Ja.«

»Können wir nicht durch den Priel schwimmen?«, fragt sie und Nella hört jetzt die Erleichterung heraus.

»Kiran ist auf der anderen Seite des Priels«, bestätigt sie.

»Der ist längst zu tief, die Strömung zu schnell«, fährt sie fort. »Weiter!«

Sie rennen und rennen. Das Wasser scheint nun von allen Seiten zu kommen. Sie müssen die Stelle erreichen, die wie ein schmaler, geriffelter Steg zwischen den Fluten an den Strand führt.

»Wir schaffen das nie.« Tasha bleibt plötzlich einfach stehen, bückt sich, legt die Hände auf ihre Knie.

»Doch«, Nella zieht Tasha hoch, fragt sich, woher sie die Kraft nimmt.

Und sie laufen.

Für einen Augenblick hören sie nur ihre Atemzüge, die viel zu laut sind. Nella hat das Gefühl, nicht mehr genug Luft zu bekommen, ihre Lungen brennen, ihre schweißnassen Haare kleben ihr im Gesicht.

Tasha stolpert, fällt auf ihre Knie, ihr Rucksack schlägt ihr gegen den Kopf. »Ich kann nicht mehr«, wispert sie leise, abgehackt. »Ich …«

»Wuuuuuhuuuuheeeee!« Ein Schrei.

Nella fährt herum. »Kiran!«, brüllt sie, reißt die Arme in die Höhe. »Kiran!«

»Kiran?« Zu überrascht, um über ihre Erschöpfung nachzudenken, springt Tasha auf.

»Er hat es geschafft, er hat Hilfe geholt.« Nella winkt immer weiter, dabei hat Kiran sie längst entdeckt.

Er sitzt neben Opa auf dem Kutschbock, die Zügel in der Hand und die gute alte Amalie galoppiert über den Strand, läuft ohne zu zögern auf den schmalen Streifen Watt, ihre Hufschritte lautlos auf dem feuchten Sand.

Es dauert nicht lange, da ertönt neben ihnen das *Brrr* von Kiran, das willkommene Schnauben der Stute. Mit letzter Kraft klettern Nella und Tasha auf die beiden engen Sitze hinten. Und ohne ein weiteres Wort zu verlieren, zieht Kiran gekonnt an den Zügeln, so, als würde er seit Jahren Kutschen lenken, und Amalie kehrt um.

Nicht viel später fahren sie auf den Hof.

»Vielen Dank«, wispert Nella und hat das Gefühl, dass die Worte gar nicht ausreichen.

»Dein Opa hatte gerade die Kutsche eingespannt, als ich zurückkam.« Kiran lehnt sich ganz nah an Nella, wispert in ihr Ohr. »Er hat mich nicht erkannt. Er …« Kiran macht eine kurze Pause. »Aber er wusste natürlich, wer du bist! Ich habe ihm erzählt, dass wir dich auf dem Watt abholen sollen, weil die Flut kommt. Nichts davon, was wirklich los war.« Kiran macht eine Pause. »Aber er hat wohl meine Angst gespürt, er war sofort zur Stelle …« Kiran schluckt.

»Gut«, erwidert Nella, spürt ihre Erschöpfung, ihre Erleichterung. »Danke.«

»Was ist?« Tasha steht neben ihnen, blasser als vorher.

»Wir haben nicht erzählt, was …«, beginnt Nella zu sagen, als ihre Mutter auf der Scheunenterrasse erscheint. »Da seid ihr ja! Habt ihr es noch bis zum Wrack geschafft?«

Alle drei nicken.

»Und dann hat Opa uns am Strand abgeholt, und konnte gleich die neuen Kutschbremsen ausprobieren«, fügt Nella schnell hinzu.

»Aber …«, mischt Tasha sich ein und Nellas Herz sackt

in ihre Shorts. Wenn sie jetzt erzählt, was wirklich war, was dann?

»Aber viel Zeit hatten wir nicht am Wrack«, sagt Tasha nur. Sie zwinkert Nella zu, grinst und fährt fort: »Dafür haben wir ein Robbenbaby gesehen, einen Heuler.«

»Oh, wie schön. Die Robben hier sind selten geworden, da hattet ihr Glück!« Mama will noch etwas hinzufügen, aber Tilke ruft was von: *»Der Ofentimer piept«*, und Mama ist schon wieder weg.

»Danke, dass du nichts verraten hast«, sagt Nella und Tasha erwidert: »Was verraten?« Und mit einem kleinen Lächeln geht sie zur Windmühle, öffnet die Tür, geht hinein.

Opa Ocko steht neben der Kutsche, die Arme verschränkt. Er sieht aus, als wisse er nicht genau, was geschieht. Müde wie sie ist, hakt Nella sich bei ihrem Großvater ein. »Was hältst du davon, Opa, wenn Kiran und ich Amalie ausspannen?«

Opa schaut sie an.

»Und ich bringe dich vorher zu Mama und Tilke, bestimmt kocht dir Tilke einen Kaffee.« Sie geht los, zieht Opa mit, spricht weiter. »Jetzt, wo Tilke die Maschine endlich versteht, macht sie dir bestimmt auch einen Cappuccino. Den trinkst du doch so gerne.« Opa erwidert noch immer nichts. Und das Einzige, was Nella einfällt, ist, immer weiterzuplappern, vielleicht sagt sie irgendetwas, was Opa aus seinem Schweigen holt. Und endlich tätschelt er kurz ihre Hand, die in seiner

Armbeuge liegt. »Cappuccino klingt gut«, sagt er, dreht sich nochmal zu Kiran um. »Wer ist das?«, fragt er Nella.

»Unser Gast, Opa«, antwortet Nella und versucht fröhlich zu klingen, die Traurigkeit herunterzuschlucken. »Kiran heißt er. Und er ist mein Freund.« Selbst überrascht über ihre Worte weiß sie in dem Moment, dass sie stimmen. »Ein sehr mutiger Freund«, fügt sie hinzu.

Nachdem Opa zufrieden auf dem winzigen, bunten Sofa an der Scheunenwand sitzt, eine große Tasse Kaffee in der Hand, geht Nella wieder raus. Mit Hilfe von Kiran spannt sie die alte Stute aus. Gerade wollen sie das Pferd auf die kleine Weide bringen, da taucht Tasha wieder auf. Sie hält drei Möhren in die Höhe, drückt jeweils eine davon Nella und Kiran in die Hand. »Als Dankeschön«, sagt sie.

»Hm, ich liebe Möhren«, murmelt Nella.

»Für Amalie!«, ruft Tasha.

»Ach so«, entgegnet Nella, die natürlich weiß, was Tasha gemeint hat. Nella spürt ihn, den Lachanfall. Er blubbert aus ihrem Bauch hinauf, wie ein aufsteigendes Kribbeln, sie prustet los.

Tasha verzieht den Mund, hält kurz ihre Hand über die Lippen, als würde sie sich wehren wollen, doch dann bricht auch aus ihr ein lauter Lacher. Nella und Tasha lachen und lachen und mit jedem Lacher fällt ein Stück der Anspannung ab. Ein paar Minuten später sitzen Nella und Tasha auf dem Boden, nebeneinander, und halten ihre Bäuche. »Morgen habe ich Muskelkater vom Lachen«, gackert Nella.

Mit einem Kopfschütteln greift Kiran nach den Zügeln und geht mit dem Pferd los. »Ich glaube, die brauchen noch eine Weile, ich bringe dich schon einmal auf die Wiese«, sagt er zu Amalie.

Tasha schaut ihrem Zwillingsbruder überrascht hinterher. Und während ihr die Lachtränen noch die Wangen herunterkullern, sagt sie: »Was ist nur mit Kiran passiert?«

Und Nella antwortet: »Ich glaube, er ist jetzt so, wie er eigentlich ist. Richtig. Er ist einfach richtig.«

KAPITEL 26

An diesem Abend liegt Nella mit offenen Augen im Bett, schaut durch das geöffnete Fenster und an den nicht ganz zugezogenen Vorhängen vorbei in den Himmel. Der färbt sich langsam von blau über sonnenuntergangsrot und -orange bis in tiefes Nachtschwarz. Sie genießt die feuchte Meeresluft, die die Hitze für heute Nacht ein bisschen erträglicher macht.

Ferris und Fee liegen am Fußende und putzen sich. Und Nella fällt ein, dass sie den Aushang von Fee gar nicht kopiert, gar nicht verteilt haben. Kein Wunder, nach der Aufregung des Tages. »Dann bleibst du noch ein bisschen länger bei uns«, flüstert sie der kleinen Katze zu, die gerade ihr Hinterbein leckt und Nella überhaupt nicht beachtet. »Dass ich dich vermisse, das kann nämlich ruhig noch warten. Du passt doch ziemlich gut zu uns, nicht wahr, Ferris?« Der Kater schaut auf, starrt Nella kurz an, kratzt sich dann mit einer Tatze das Ohr.

»Gute Nacht, ihr zwei«, flüstert Nella und kuschelt sich ein. Sie macht die Augen zu. Gerade als sie überlegt, dass sie überhaupt nicht müde genug ist zum Einschlafen, hört sie etwas. Und zwar genau vor ihrem Fenster. Sie setzt sich auf, schiebt die Gardinen ganz zur Seite … und macht vor Schreck einen Ruck nach hinten.

Ein blasses Gesicht starrt Nella von draußen an. Ihr Herz stottert los wie ein kaputter Bootsmotor, die beiden Katzen springen empört vom Bett und huschen in den Flur.

»Mensch, Kiran«, zischt Nella, als sie erkennt, wer da zu ihrem Fenster hereinschaut. »Was machst du denn da?«

»Jemand läuft hier draußen herum«, wispert Kiran und streckt den Kopf ins Zimmer.

»Ja, und zwar du!«

»Ich habe vom Mühlenfenster aus etwas gesehen!«, beharrt Kiran.

»Und dann bist du einfach rausgelaufen?«, fragt Nella. »Hast du keine Angst?«

»Doch«, kommt die Antwort. »Trotzdem. Ich musste nachschauen, denn letztens war hier doch auch jemand draußen, weißt du noch?«

Natürlich, will Nella antworten, aber Kiran spricht schon weiter: »Deswegen habe ich auch bei euch angeklopft. Aber niemand hat aufgemacht. Und dann bin ich hier an dein Fen…« Kiran unterbricht sich selbst mitten im Satz, sein Kopf fährt herum.

»Was?«, flüstert Nella und beugt sich aus dem Fenster, schaut an Kiran vorbei nach links und rechts. Auf der Wiese aber ist alles ruhig. Der Hof und die Mühle sind von hier nicht zu sehen.

»Ich habe was gehört«, sagt Kiran.

»Warte da.« Nella spricht hastig und leise. »Ich komme.«

Sie schnappt sich die erstbesten Schuhe, die alten Hausschuhe unter ihrem Nachttisch, rennt zur Haustür. Dort zögert sie, flitzt noch einmal zurück ans andere Ende des Hauses, schaut bei Opa hinein.

Ocko liegt in seinem riesigen Bett, in der Mitte, ganz ruhig. Er schnarcht nur leise, fast im Takt mit dem Meeresrauschen, das durch das offene Fenster hereingeweht wird.

Vorsichtig und erleichtert lehnt Nella seine Tür wieder an, huscht aus dem Haus hinaus, will einmal herumlaufen, bis zu ihrem Fenster. Aber mitten auf dem Hof ist etwas unter dem Kirschbaum. Ein Schatten, der da nicht hingehört. Ein Schatten, der sich nun Richtung Gartentor bewegt.

Und im Mondlicht erkennt Nella, wer das ist.

Tasha.

»Was machst du hier?«, fragt Nella.

Tasha dreht sich um, die Augen aufgerissen. »Mann, hast du mich erschreckt.«

An dem vom fahlen Mondlicht so blassen Gesicht und den großen, aufgerissenen Augen sieht Nella zum ersten Mal Tashas Ähnlichkeit mit Kiran.

»Warum lauft ihr denn ständig nachts hier draußen rum?«, erkundigt sich Nella, und merkt, wie sie sich entspannt. Es sind immerhin nur die Zwillinge, die sich hier herumtreiben.

»Ich bin Kiran gefolgt, als er aufgestanden und rausgerannt ist«, sagt Tasha. »Aber jetzt ist er nicht mehr hier.«

»Ich weiß, wo er ist«, sagt Nella, deutet hinter sich und geht vor, einmal ums Haus.

Aber der Platz, dort zwischen Weidenzaun und ihrem Fenster, der ist nun leer.

»Wo ist er denn hin?«, wundert sich Nella laut. »Kiran?« wispert sie, es klingt ein bisschen wie ein Zischen. »Kiraaaa-an?«

Keine Antwort.

»Warum hat er denn nicht gewartet?«, sagt Nella, mehr zu sich selbst als zu Tasha, und zieht diese mit, weiter ums Haus. Bis sie wieder beim Kirschbaum angekommen sind. Aber weit und breit kein Kiran.

»Da!« Jetzt packt Tasha Nella am Arm, zeigt zum sandigen Pfad. Hinter dem Tor, mitten auf dem Pfad, schon halbwegs beim Deich, da steht Kiran. Er scheint sie gleichzeitig entdeckt zu haben, denn er hebt die Hand, kommt zurück.

»Warum hast du denn nicht gewartet?«, fragt Nella sofort.

»Ich dachte, ich hätte jemanden auf dem Pfad hier gesehen und du bist nicht rausgekommen und da kam mir der Gedanke, dass es vielleicht dein Opa …« Kiran spricht schnell und ohne Pause.

»Was hat das denn mit ihrem Opa zu tun?«, fährt Tasha ihm dazwischen, als Kiran endlich Luft holt.

»Weißt du noch, wie wir in unseren letzten Ferien Oma mitten in der Nacht auf der Alm gefunden haben?«, fragt Kiran seine Schwester.

Tasha stutzt überrascht. Sie wirft ihre langen Haare mit einer Bewegung nach hinten, guckt von Kiran zu Nella und zurück. »Sie wollte die Kühe eintreiben, wie sie es in ihrer Kindheit gemacht hatte. Dabei hatte sie da schon seit Jahren gar keine Kühe mehr und …« Tashas Stimme klingt plötzlich rau, sie hört sich an, als würde sie sich lieber nicht erinnern. Sie stockt, mustert Nella ein paar Sekunden, zieht die Brauen zusammen. Verstehen huscht über ihr Gesicht. »Dein Opa?«, fragt sie dann nur.

»Opa ist im Bett und schläft«, sagt Nella rasch. »Deswegen habe ich ein bisschen gebraucht, um rauszukommen. Ich habe dort zuerst nachgeschaut.«

Kurz stehen die Kinder stumm da, in der Nacht, im Mondlicht. »Opa wollte letztens im Morgengrauen zur Arbeit gehen«, sagt Nella nach einer Weile in die Stille hinein. »Dabei ist er seit über zehn Jahren in Rente.«

»Das wusste ich nicht«, murmelt Tasha.

Und Nella weiß ganz genau, dass Tasha damit nicht meint, dass sie nicht wusste, dass Opa zu einer Arbeit gehen wollte, die er gar nicht mehr macht.

»Am Ende kannte Oma nur noch Kirans Namen«, sagt

Tasha plötzlich und ihre Stimme klingt energischer. »Kiran, Kiran, Kiran.« Sie hört sich traurig und zornig und müde zugleich an.

»Bist du deswegen immer so gemein zu Kiran?«, sprudelt es aus Nella heraus, bevor sie die Frage zurückhalten kann. Und weil sie jetzt schon angefangen hat, redet sie auch weiter: »Weil du sauer bist, dass eure Oma sich nur noch an seinen Namen erinnern konnte?«

Tasha schnappt nach Luft. Sie macht den Mund auf. Klappt ihn wieder zu, empört. Atmet dann langsam aus, ruhiger. Sie will antworten, aber es kommt kein Ton heraus.

»Dafür kann doch Kiran nichts«, wispert Nella.

Tasha schluckt. Sagt noch immer nichts. Hebt stattdessen ihren Arm, deutet über Nellas Schulter und formt das Wort *»da«* mit ihren Lippen, stumm.

»Was macht ihr denn hier?«, flötet in dem Moment jemand hinter Nella.

»Mama?« Nella ist so verwundert, dass sie vergisst zu flüstern. Verwundert, dass auch ihre Mutter hier unterwegs ist, nachts, aber hauptsächlich verwundert darüber, dass Mama wieder so fröhlich klingt. Der Nachmittag im Café war nämlich alles andere als fröhlich. Auch heute waren nur wenige Gäste da, Freunde von Nabil und Tilke aus der Schule. Kein einziger Urlauber hat sich ins Café Lakritz verirrt.

Mama trägt ihre Lieblingsküchenschürze – die mit dem knallpinken Karomuster drauf – und grinst von einem Ohr zum anderen. »Ich hatte eine Idee und habe für morgen im Café etwas vorbereitet.«

»Was denn?«, erkundigt sich Nella.

»Das werdet ihr dann sehen«, sagt sie nur, geheimnisvoll, schaut alle Kinder einmal an, stemmt ihre Hände in die Seite.

Bestimmt kommt jetzt die Frage danach, was sie hier machen, so spät, dass sie doch im Bett sein sollten.

»Angenehm kühl geworden um diese Uhrzeit«, sagt Mama aber, lacht, geht zum Haus. An der Tür dreht sie sich noch einmal um. »Bleibt nicht so lange auf, sonst verschlaft ihr ja den ganzen Tag morgen. Gute Nacht.«

Und Nella grinst. Ein bisschen ist Mama also trotz allem ihre Ferienmama, die Ferienmama, die früher mit ihr Nachtwanderungen am Strand gemacht hat, egal wie spät es war, egal wie viele Stunden es nach Nellas Schlafenszeit war.

»Ich gehe jetzt wirklich ins Bett«, sagt Tasha und gähnt. »Kommst du, Kiran?«

Nella muss lächeln, insgeheim, nur für sich. Tasha hat das nämlich wirklich nett gefragt, kein Ton in ihrer Stimme klang daneben. Heute hat etwas verändert. Der Tag auf dem Watt hat etwas verändert.

Ein Knirschen ertönt jetzt und schon ein paar Sekunden später brettert Tilke auf ihrem Fahrrad auf den Hof, mit schwenkendem Dynamolicht und quietschenden Bremsen hält sie neben ihnen an.

»Mann, hier ist ja so viel los wie auf einer Autobahn bei

Ferienanfang«, kommentiert Tasha und klingt schon wieder ein bisschen mehr wie sie selbst.

»Ein Empfangskomitee?«, ruft Tilke, auch sie sehr gut gelaunt, bestimmt, weil sie Nabil im Ort getroffen hat.

Sie schiebt das Fahrrad zum Kirschbaum, lehnt es an den Stamm, geht winkend ins Haus.

Alle sagen *Gute Nacht*. Kiran und Tasha verschwinden in der Mühle. An der Haustür wartet Nella, bis das Licht im Zimmer unter den Mühlenflügeln angeht. Und plötzlich kommt ihr ein Gedanke, einfach so. Wenn Tasha vorhin Kiran nach draußen gefolgt ist, dann war es nicht Tasha, die Kiran auf dem Hof gesehen hat. Nachdenklich starrt Nella noch eine ganz Weile im Türrahmen stehend in die Nacht, in den Hof, zum Mond, lauscht dem Meer.

Ein Wind kommt auf, von der Küste, und der Mond verkriecht sich hinter eine Wolke, ganz so, als hätte ein Windstoß ihn dahin geschubst. Und für einen Moment da scheint es Nella, als huschte ein großer Schatten von der Scheunenterrasse herunter. Sie kneift die Augen zusammen. Aber sie kann gucken so viel sie will, jetzt sieht sie nichts mehr. Langsam und nachdenklich geht sie hinein.

KAPITEL 27

Ein Trällern weckt Nella. Mama steht im Flur vor dem kleinen Garderobenspiegel und kämmt ihre langen Haare, so gelbblond wie ihr langes Sommerkleid.

»Moin, Nellalein«, ruft sie, »heute wird ein guter Tag.«

»Warum?«, will Nella wissen.

Mama zuckt die Schultern. »Weil ich das möchte«, sagt sie dann mit einem Lächeln. »Heute kommen bestimmt wieder ganz viele Gäste, Nabil und Tilke haben nämlich wieder Werbezettel verteilt. Und …« Sie stockt, runzelt die Stirn. »Papa?«

Nella dreht sich um. Opa Ocko kommt den Flur entlang, eilig, geht zur Haustür.

»Wo willst du denn hin?«, fragt Mama.

»Ich …« Opa bleibt stehen, die Hand an der Klinke. Langsam lässt er sie wieder sinken. Schweigt.

Mama nimmt seine Hand. »Komm, Papa, du kannst mir helfen, drüben im Café das Frühstück vorzubereiten.« Sie dreht sich noch einmal zu Nella um, zwinkert ihr zu. Aber Nella sieht genau, dass ihre Augen nicht mehr so glänzen wie eben.

»Ich komme gleich nach«, murmelt Nella, macht kehrt, geht in ihr Zimmer, Klamotten suchen. Kaum aber hat sie ihr eigenes Sommerkleid übergestreift, hört sie einen Ruf durch das offene Fenster. Nein, keinen Ruf. Einen Schrei. Mama! Wie sie ist, barfuß und ungekämmt, rennt Nella schnelle fünf Schritte zur Tür, nur siebundzwanzig zur Scheune, ein Rekord.

Opa sitzt auf dem kleinen Sofa an der Wand, seinem neuen Stammplatz, ungerührt. Mama muss in der Küche sein.

»Was ist passiert?«, erkundigt sich Nella bei ihm, aber Opa antwortet nicht.

In der Küche steht Mama, halb verborgen hinter der stahlgrauen Kühlschranktür, fluchend.

»Mama?«, wispert Nella.

Mama macht einen Schritt rückwärts, schaut Nella an, deutet dabei nach vorne. »Der Strom ist ausgefallen«, sagt sie leise. »Das ganze Eis ist geschmolzen.« Sie holt einen der großen Behälter heraus, in denen sie immer das Eis zubereitet, stellt ihn energisch auf die Küchenarbeitsplatte. Eine dicke, graue Flüssigkeit schwappt schwerfällig über den Rand, läuft über die Arbeitsplatte, tropft dann langsam auf den Boden.

»Ich habe es gestern Nacht noch gemacht, für heute …« Mamas Stimme wird immer leiser, bis sie ganz verstummt.

Nella schnuppert. »Das riecht wie …«

»Wie Lakritz«, sagt Mama.

»Du hast Lakritz-Eis gemacht?«

»Ich dachte, das passt.« Nur geflüstert.

Tilke kommt in die Küche geweht, wie ein Wirbelsturm, die Haare offen. »Guten Morgen, ich habe verschlafen und …« Sie blickt von Mama zu Nella zu der grauen Pfütze auf dem Boden. »Was ist los?«

Nella erklärt das mit dem Strom und Tilke, immer praktisch, geht an die hintere Wand, öffnet den Sicherungskasten. »Der Hauptschalter ist rausgeflogen.« Sie kippt den Schalter hoch, der Kühlschrank fängt sofort an zu brummen, von irgendwo ertönt ein Piepen. »Seltsam«, meint Tilke. »Wie konnte das passieren? Und was ist das?«

»Lakritz-Eis«, sagt Mama.

»Oh, was für eine gute Idee!«, findet Tilke, steckt einen Finger in den Matsch und probiert. »Das schmeckt gut«, sagt sie.

»Ich habe beim Einschlafen gestern die Idee gehabt«, murmelt Mama, »und es noch in der Nacht gemacht. Ich dachte das passt einfach, aber jetzt …« Wieder beendet sie den Satz nicht.

»Dann machen wir neues«, Tilke stemmt die Hände in die Seiten.

»Das schaffen wir nicht rechtzeitig.« Mama seufzt, auch die letzte Fröhlichkeit ist nun aus ihrem Gesicht verschwunden. »Ich muss Frühstück vorbereiten und die ganzen Kuchen und die Gästetoiletten müssen geputzt werden und …«

»Wieso fliegt so eine Sicherung eigentlich raus?«, fragt Nella.

Mama seufzt nur, Tilke murmelt was von Überlastung und Kurzschluss. Und Nella kneift den Mund zusammen. Nachts laufen doch keine weiteren Geräte, die zur Überlastung führen könnten. Aber nachts laufen fremde Schatten auf dem Hof herum, oder nicht?

»Hast du die Scheunentür gestern abgeschlossen?«, fragt Nella.

Mama macht endlich die Kühlschranktür zu, dreht sich überrascht zu Nella um. »Hm«, macht sie nachdenklich. »Die Tür eben war zu, aber nicht verriegelt.«

»Schließt du nie ab?«, fragt Nella weiter.

»Doch«, meint Mama. »Aber in der Nacht gestern, da habe ich es vielleicht vergessen?« Sie dreht sich zu Tilke, als ob sie ihr das sagen könnte.

Aber Tilke hat bereits den Wischmopp geholt und macht sich daran, das Lakritz-Eis vom Boden zu wischen. Mama schaut hektisch zur Uhr, die über der Tür hängt, wäscht sich die Hände, holt Mehl heraus. »Heute gibt es schnelle Quarkbrötchen und das Schwarzbrot von gestern«, murmelt sie. »Deckst du den Tisch, Nella?«, bittet sie und Nella dreht sich mit einem eigenen Seufzer zum Geschirrschrank.

»Das ist doch kein Zufall«, sagt Nella ein paar Stunden später zu Kiran.

Sie sitzen auf dem Strand und starren zum Horizont, der Himmel tiefblau und wolkenlos. Ein kleines Kind hält dem Meer einen Eimer hin, versucht eine Welle einzufangen und Wasser zu schöpfen. Aber das Meer zieht sich bereits wieder zurück, die Wellen flach.

»Und du hast wirklich einen Schatten auf der Café-Terrasse gesehen?«, fragt Kiran nun zum dritten Mal.

»Gestern war ich mir nicht sicher, aber heute schon«, sagt Nella. »Da war jemand an der Scheune.«

»Und warum sollte der den Strom ausgestellt haben?«, will Kiran wissen.

»Gute Frage«, murmelt Nella.

»Denkst du, es war der Gonger?«, fragt Kiran dann.

»Du mit deinem Gonger!« Das ist Tasha. Sie lässt sich neben ihren Bruder fallen, blickt aber nur nach vorne. »Hast du jetzt keine Angst vorm Meer?«, fragt sie unvermittelt, leise. Dann schaut sie doch zu Nella.

»Nein«, erwidert Nella. »Ich kenne die Gezeiten, ich kenne das Watt. Ich …«

»Es tut mir leid«, unterbricht Tasha sie. »Ich hätte auf dich hören sollen. Ich wusste nicht, dass die Flut plötzlich von allen Seiten kommt. Ich dachte immer, das Wasser kommt nur von vorne. Und ich dachte wirklich, die kleine Robbe ist in Gefahr!«

»Schon gut.« Nella stößt Kiran mit dem Ellenbogen an. »Wir hatten ja einen Retter.«

Tasha nickt, sagt aber nichts mehr und Kiran läuft sonnenbrandrot an.

»Was ist denn nun mit diesem Gonger«, fragt Tasha dann doch noch mal nach.

»Das ist dieser Typ, der immer hier auftaucht, der mit dem Sportwagen«, klärt Nella sie auf.

»Der auch auf dem Reiterhof war?«

»Genau«, antwortet jetzt Kiran.

»Der ist gerade schon wieder auf euerm Hof«, sagt Tasha, zeigt über ihre Schulter zur Mühle hinter dem Deich.

»Was?« Nella ist aufgesprungen. »Das Café hat doch noch gar nicht auf.«

Tasha zuckt die Schultern. »Ich habe sein Auto nur kurz die Einfahrt hochfahren sehen, als ich hierher losgelaufen bin.«

»Ich muss zurück, ich will wissen, was der will«, Nella rennt los.

»Wir kommen mit«, sagen Tasha und Kiran gleichzeitig, schauen sich überrascht an, lächeln.

Geht doch, denkt Nella. Fast wie Zwillinge eben!

KAPITEL 28

Zu dritt schleichen sie im Gänsemarsch zum Gartentor. Aber der Hof ist leer, bereits brühwarm in der nachmittäglichen Sonnenhitze. Hinter der Café-Terrasse parkt der silberne Sportwagen, ein paar Hühner haben sich um ihn herumgeschart, so als wollten sie schauen, was hier los ist. Und vor einem der riesigen Pflanzenkübel steht der Gonger. Mit Opa.

Nella winkt den Zwillingen wild mit beiden Händen zu, hält erst einen Zeigefinger an die Lippen, dann deutet sie mit Zeige- und Mittelfinger von ihren Augen nach vorne und letztendlich hinter einen der Kübel. Tasha grinst, zeigt ihr einen Vogel, Kiran nickt und hält den Daumen hoch. Geduckt kriechen sie zwischen den Cafétischen zu den Pflanzen, bleiben dort hocken, lauschen.

»… Familienbesitz seit dem 18. Jahrhundert«, sagt Opa Ocko gerade und schaut zu den Mühlenflügeln hinauf. »Meine Ur-ur-Großmutter hat hier schon gelebt und als Einzelkind ist es natürlich mir …« Den Rest kann Nella nicht verstehen, aber sie ist sicher, dass Opa ein paar *Ur* vergessen hat.

Jetzt spricht der Gonger, aber auch er ist zu leise.

Nella späht vorsichtig zwischen zwei Kübeln hindurch. Der Geruch von Lakritz ist unter den Duftnelken hier besonders stark, sie versucht durch den Mund zu atmen.

Kiran und Tasha verstehen wohl auch kein Wort, sie drängen sich dicht an Nella, so dicht, dass sie aufpassen muss, nicht zwischen den Kübeln hindurchzufallen und vor den Füßen von Opa und dem Gonger zu landen. Zur Sicherheit schlingt sie ihren Arm um das Blumengefäß, hält es wie in einer Umarmung fest.

Der Gonger hebt Papiere hoch, zeigt sie Opa. Er deutet darauf herum, Opa schaut hin, nickt. Lacht und nickt noch einmal.

Daraufhin drückt der Gonger Opa die Zettel in die Hand, grinst nun ebenfalls, will zum Auto gehen. Eins der Hühner läuft ihm vor die Füße. Und genau gleichzeitig kommt Ferris angeflitzt, natürlich mit Fee im Schlepptau, düst an ihnen vorbei, schummelt sich zwischen Tasha und den Blumentöpfen hindurch. Vor Schreck fährt Tasha senkrecht in die Höhe. Gerade als der Gonger seinen Fuß hebt.

Nella steht nun ebenfalls blitzschnell auf, aber nicht vor Schreck! Der Gonger zuckt überrascht zusammen, starrt zu Nella und Tasha, stellt den Fuß wieder ab. Kneift die Augen zusammen. Dann setzt er sein Grinsen wieder auf, öffnet die

Autotür, steigt ein. Mit einem Heulen fährt der Motor hoch, die Hühner wackeln empört gackernd davon.

»Wollte der gerade eins der Hühner treten?« Tasha klingt mindestens so empört wie die Hühnerschar.

Nella nickt. »Ich muss wissen, was er Opa gegeben hat«, sagt sie.

Opa sitzt schon wieder auf dem winzigen Sofa in der Scheune. Mamas und Tilkes Stimmen sind durch die Schwingtüren zu hören, Mamas etwas tiefere, Tilkes höhere.

»Opa, was hat der Mann gewollt?«, fragt Nella sofort.

»Ach, der hat sich über die Mühle erkundigen wollen, der war ein Architekt oder so was«, sagt Opa.

»Oder so was?«, fragt Nella leise.

»Wusstest du, dass diese Art der Windmühlen in Holland erfunden wurde?« Opa hat ihre Frage wohl nicht gehört.

»Natürlich, Opa«, sagt Nella, sie weiß alles über ihre Windmühle. »Hat der Mann dir nicht auch was gegeben?«, hakt sie jetzt direkter nach. »Zeig doch mal.«

»Ach ja.« Opa steht auf, denkt nach, setzt sich wieder und zieht einen Umschlag unter dem Sofa hervor, einen braunen.

»Ocko?« Mama streckt den Kopf durch die Küchentür. »Kannst du mir mit der Stachelbeertorte helfen? Du machst doch das beste Baiser weit und breit!«

Opa zwinkert Nella zu und steht mit einem leisen Ächzen auf.

Nella öffnet den Umschlag. Erst jetzt bemerkt sie, dass Kiran und Tasha hinter ihr stehen und neugierig über ihre Schultern spähen. Sie zieht mehrere zusammengeheftete, bedruckte Papiere heraus. Und stutzt. Auf der ersten Seite steht in großen, schwarzen Druckbuchstaben: *Kaufvertrag für ein bebautes Grundstück.*

»Was ist das?«, flüstert Nella, obwohl sie lesen kann.

»Aber …« Nella stockt. Sie weiß nicht, was sie sagen soll. »Will Mama etwa den Hof verkaufen?«

Sie hört ein Lachen aus der Küche, schaut zu den Zwillingen, die genauso ratlos zurückblicken, weiß nicht, was sie machen soll. Ein Handy klingelt, gleichzeitig rennt Nella jetzt zu den Schwingtüren, reißt sie auf: »Mama!«, setzt sie an.

Mama aber drückt sich gerade ihr Telefon ans Ohr, mit mehlbestäubten Händen, dreht sich zu Nella. Sie schüttelt den Kopf in ihre Richtung, spricht dann ins Gerät: »Sieben Kilogramm Mehl, genau, und frischen Honig, mindestens siebzehn Gläser …«

Warum bestellt Mama so viel, wenn sie bald alles verkaufen will? Oder ist das für den Nachfolger, den Käufer? Doch nicht für den Gonger?

Plötzlich ertönt Gitarrenmusik von der Terrasse. Nabil sitzt vor den Glastüren an einem der Tische, die Gitarre auf dem Schoß. Er zwinkert Nella zu, ruft hinein: »Ich wollte nicht stören, ihr saht so ernst aus.« Und zupft dunkle Töne.

»Nein … wir … also … ich …«, stammelt Nella, macht

vier Schritte zurück in den Raum. Sie stopft den Kaufvertrag zurück in den Umschlag und schiebt ihn wieder unter das Sofa.

Nabil beginnt eine Melodie zu spielen, die erst klingt wie Nellas Stammeln, zusammenhanglos, abgehackt. Doch dann wird sie ruhig, harmonisch, eine Melodie wie ein warmer Sonnenstrahl. Nella versucht zu lächeln, es gelingt ihr nicht ganz. Nabil spricht mit Musik, er lacht sogar mit ihr. Aber das seltsame Gefühl, das sich gerade in Nellas Magengegend einnistet, das kann sie nicht vertreiben.

Tilke hat die Gitarre auch gehört, sie kommt aus der Küche, strahlend. »Wir haben heute Stachelbeertorte, Käsekuchen, Heidelbeermuffins und eine Paprikaquiche«, berichtet sie stolz und Nabil hebt kurz eine Hand von den Saiten und hält seinen Daumen hoch.

»Tilke!« Nella stellt sich neben ihre Schwester, greift kurz ihren Arm, wispert eilig: »Will Mama das hier alles verkaufen?«

Tilkes Blick weicht nicht von Nabil, der sie zurück anschaut, seine Finger spielen blind weiter.

»Klar will Mama alle Kuchen verkaufen«, murmelt sie geistesabwesend und macht dann einen Schritt auf Nabil zu, als er sein Lied beendet hat. Zusammen trägt Tilke mit ihm die fertigen Kuchen zur Vitrine, bereitet die Kaffeemaschine vor, wischt den Tresen.

»Tilke!«, versucht es Nella noch mal.

Aber die hat nur Augen für Nabil. Sie beobachtet ihn, schiebt dabei selbst nur die Tassen auf dem Regal hin und her, sieht glücklich aus.

Nur Nella steht noch immer wie erstarrt da, links von ihr Tahsa, rechts Kiran.

Keiner sagt ein weiteres Wort.

»Tasha! Kiran!« Die Eltern der Zwillinge winken von der Terrasse. »Wir wollen los, kommt ihr?«

Tasha verzieht das Gesicht. »Familienspaziergang«, sagt sie und es klingt, als würde sie etwas sagen wie *Schneckenschleim* oder *Hausarrest*.

»Kommst du mit, Nella?«, fragt Kiran.

Nella will gerade den Kopf schütteln, sie will Mama sprechen, sie will endlich wissen, was dieser Gonger eigentlich vorhat. Aber da spaziert Fee in die Scheune, gefolgt von Ferris und einer Familie, die auf der Suche nach Kuchen ist.

»Eins nach dem anderen«, murmelt sie.

»Was?« Tasha legt den Kopf schief und schaut sie an.

»Ich muss Fees Besitzer finden«, sagt Nella jetzt lauter. »Das heißt ich muss unsere Vermisstenanzeige kopieren und aufhängen.«

»Wir wollen in den Ort spazieren«, sagt Kiran. »Komm doch mit. Wir verteilen den Aushang zusammen.«

Und weil Mama sich nun um die Gäste kümmert, Nella versichert, dass sie für ein Stündchen losziehen kann und ein Gespräch sowieso nicht möglich scheint, antwortet Nella letztendlich: »Gut, ich komme mit.« Sie holt den Aushang, rollt ihn zusammen und folgt den Kellys mit schlurfenden, ungezählten Schritten zum Gartentor, tief in Gedanken an den Gonger und dem Verkaufsvertrag.

KAPITEL 29

Die Eltern der Zwillinge gehen ein paar Meter vor ihnen auf dem Deich entlang und steigen anschließend die Treppe zum Strand hinab. Immer wieder bleiben sie stehen, bewundern die Deichschafe, die um diese Uhrzeit wie helle, wollene Kleckse im tiefgrünen Gras liegen, dösen, vollgefuttert und müde. Sie staunen über die dunkelblaue Farbe des Wassers, das nun an den Strand platscht, den feinen, weichen Sand zwischen ihren Zehen, lachen mit den Möwen, die vor ihren Nasen schweben, auf der Suche nach Futter.

Normalerweise würde es Nella genauso machen, alle paar Schritte anhalten, die Luft schnuppern, das Meer anschauen, die Schafe grüßen, sich einfach freuen, hier zu sein. Aber heute hat sie keine Zeit dafür, alles scheint ins Wanken geraten zu sein, Nella fühlt sich wie auf einem Schiff bei hohem Seegang. Was will der Gonger? Und hat Mama wirklich vor, ihren Hof zu verkaufen? Ihre Mühle?

Herr und Frau Kelly laufen vor lauter Begeisterung immer langsamer, Nella hingegen wird mit jedem Schritt schneller und steht schon bald mit den Zwillingen vor dem Kopiergeschäft. Und als die Eltern sie endlich eingeholt haben, da haben sie bereits zwanzig Kopien von Fees Vermisstenanzeige gemacht.

»Wo wollen wir die aufhängen?«, fragt Kiran, der jetzt etwas aus seiner Hosentasche zieht und triumphierend hochhält.

»Du hast an alles gedacht«, sagt Nella, betrachtet ziemlich beeindruckt die Rolle Klebestreifen in Kirans Hand.

Tasha lacht sogar auf, sagt dann: »Ein Tier weniger, wenn Fee weg ist.«

Nella seufzt und Tasha fügt rasch hinzu: »Ich werde Fee auch vermissen. Aber Kiran ist ja nicht so der Tierfreund.«

»Ich glaube, das stimmt so nicht«, sagt Nella. »Nicht mehr.« Und Kiran nickt.

Nella zeigt Richtung Bäckerei, wo sie ihre Anzeige zu den anderen hängen will. »Aber bestimmt freut sich Fees Familie, wenn sie ihr Kätzchen wiederfinden, ich mag mir gar nicht vorstellen, wie es wäre, wenn Ferris nicht mehr aufgetaucht wäre.«

In der Bäckerei grüßt sie wieder Tatjana und sie sehen, dass Nabils Café-Werbung nun erneut an der Tür hängt. Und während die Eltern der Zwillinge noch in den Supermarkt wollen, gehen die drei Kinder wieder Richtung Sternenhof, von Laternenpfahl zu Aussichtsbank zu Laternenpfahl, und hängen ihre Zettel den Deich entlang auf.

»Schau mal!« Tasha zeigt auf ein altes Stückchen Papier, das an einem der Pfosten baumelt. »Das ist vom Café Lakritz.«

Nella erkennt ebenfalls die Tassen und Möwen, die Nabil gezeichnet hatte.

»Irgendjemand hat den Zettel abgerissen«, sagt Tasha.

Nella und Kiran werfen sich einen Blick zu. Sie wissen genau, wer es war. Dabei haben Nabil und Tilke doch erst gestern die neue Werbung verteilt.

Im Café Lakritz herrscht ziemlich trübe Stimmung, als sie zurückkommen. Kein Tisch ist besetzt, nur Tilke und Nabil sitzen auf der Terrasse im Schatten. Mama steht hinter dem Tresen, schaut traurig hinaus. Und Opa ist auf dem Sofa eingenickt.

»Ah, Gäste«, ruft Mama künstlich fröhlich, »mögt ihr Kuchen?«

»Klar«, erwidert Tasha und setzt sich an den Tisch, unter dem die Katzen liegen und schlafen.

Kiran und Nella bedienen sich selbst und dann Tasha. Kurz bleibt Nella stehen, zögert. Sie will ihre Mutter noch mal fragen, nach dem Gonger, nach dem Kaufvertrag. Sie muss einfach wissen, was los ist, was passieren wird. Aber gleichzeitig will sie Mama jetzt nicht noch trauriger machen. Sie wird sie nachher fragen, irgendwann später, das nimmt sie sich vor.

Nella setzt sich mit Kiran zu Tasha. Sie sagen nichts, alle hängen ihren Gedanken nach.

Um kurz vor sechs aber, da ertönt ein Wiehern. Nella fährt erschrocken von ihrem Stuhl auf. »Amalie!«

Aber es ist gar nicht die alte Stute, sondern ein Schimmel. Eine Frau in Reiterklamotten steigt ab und Tasha sagt: »Oh, die Reiterhoffrau.«

Und jetzt, wo die Frau den Reiterhelm abnimmt, die schulterlangen, grauen Haare freischüttelt, da erkennt Nella sie auch.

»Weda, wie schön, dass du uns besuchen kommst«, begrüßt sie nun auch Mama, die auf die Terrasse getreten ist. »Setz dich, was kann ich dir bringen?«

»Hallo Kristine«, erwidert Weda und die beiden umarmen sich. »Lange nicht gesehen. Ich kann nicht so lange bleiben, das Pferd kann nicht …«

»Wir kümmern uns um das Pferd«, sagt Nella und Tasha nickt aufgeregt. »Das ist Felix«, sagt sie. »Ich habe mir alle Namen der Pferde vom Reiterhof gemerkt.«

»Wir bringen Felix zu Amalie auf die Weide«, schlägt Nella vor.

Weda lacht. »Gut, danke. Dann nehme ich gerne von deinem guten Kuchen, Kristine. Ich muss etwas mit dir besprechen.«

Amalie begrüßt den Schimmel wie einen alten Freund, bestimmt erfreut über die Gesellschaft. Und am liebsten hätte Nella sich auf den Zaun gesetzt und den beiden zugeschaut, so wie die Zwillinge es jetzt tun, aber sie will zurück ins Café. Kann es denn ein Zufall sein, dass Tasha den Gonger auf dem Reiterhof gesehen hat und Weda jetzt hier ist?

Auf der Terrasse sitzen ihre Mutter und Weda dicht nebeneinander und haben die Köpfe zusammengesteckt, wie zwei Kinder, die einen Streich aushecken und keiner sie dabei hören soll.

Und es klappt, Nella versteht nämlich wirklich kein Wort. Unschlüssig bleibt sie kurz auf der Terrasse stehen, als sie sieht, dass Tilke gerade ein Tablett mit Kaffeetassen und Kuchen belädt.

»Ich bringe das Mama«, erklärt Nella und nimmt ihrer Schwester das Tablett ab, die gar nichts dagegen hat und rasch wieder zu Nabil an den Tisch huscht. Der spielt wieder Gitarre, leise und ganz nebenbei, eine Hintergrundmusik für sein Gespräch mit Tilke.

Nella stellt das Tablett ab und Mama und Weda fahren auseinander. Weda lächelt, als sie das riesige Stück Stachelbeertorte sieht. »Du bist eine richtige Künstlerin«, sagt sie, säbelt eine Ecke mit der Kuchengabel ab und steckt es sich in den Mund. »Hmmmm«, macht sie und wiederholt: »Künstlerin!«

»Danke«, sagt Mama, mehr nicht.

»Das kannst du nicht aufgeben hier«, fährt Weda fort. »Du hast doch erst eröffnet.«

Nella bleibt wie angefroren stehen. Mama will das Café Lakritz wieder schließen? Das sind doch gute Neuigkeiten, oder nicht? Es ist doch genau das, was sie immer wollte. Nella weiß nicht mehr, was sie denken soll. Wenn alles wieder so würde, wie vorher, dann wäre doch alles wieder gut und …

Nella wird vom nächsten Satz aus ihren Gedanken gerissen.

»Dieser Typ darf nicht gewinnen, Kristine«, sagt Weda.

Welcher Typ? Nella bleibt regungslos stehen. Wenn sie sich nicht bewegt, dann vergessen die Frauen vielleicht, dass sie noch da ist und reden weiter. Und tatsächlich.

»Ich kann den Hof nicht halten, wenn das Café kein Geld bringt«, sagt Mama.

»Aber …«, will Weda einwenden, doch Mama redet schon weiter: »Wenn ich den Hof verkaufe und ihn dann vielleicht von dem Käufer, diesem Herrn Tinker pachte und wir hier bleiben können …«

Weda hebt die Kuchengabel wie einen Zeigefinger und sagt: »Mein Cousin arbeitet doch im Gemeinderat. Glaub mir, Kristine, der Typ hat nicht vor, euch hier wohnen zu lassen. Er will mein Land und deinen Hof kaufen und ein riesiges Ferienmonster daraus machen. Einen Antrag hat er bereits vorgelegt.«

»Ferienmonster?«, hakt Mama nach und Nella macht unwillkürlich einen Schritt auf die beiden Frauen zu.

»So einen Ferienpark mit Hunderten Ferienwohnungen und eigenen Straßen und …«

Opa Ocko ist aufgewacht, steht mit einem Mal neben dem kleinen Tisch. Mama dreht jetzt den Kopf. »Papa«, sagt sie, lächelt erst ihn und dann Weda an. »Schau, wer uns heute besucht.«

»Ocko, wie schön!« Weda steht auf, will ihn umarmen. Denn Opa und Weda kennen sich ein Leben lang. Aber jetzt schaut Ocko Weda an, als hätte er sie noch nie gesehen. Und ohne ein weiteres Wort geht er hinaus.

Mama verkrampft ihre Finger ineinander, wispert: »Wenn ich den Hof nicht halten kann, wo sollen wir denn hin? Papa braucht bald rund um die Uhr Betreuung. Aber ein Pflegeheim ist nicht nur teuer – ich kann ihn doch nicht aus seiner vertrauten Heimat reißen.«

»Nein!«, ruft Nella. »Hier wohnen all seine Erinnerungen. Das kannst du ihm doch nicht nehmen. Hier …« Sie schluckt.

Mama fährt überrascht zusammen, bemerkt erst jetzt, dass Nella dort noch steht, das leere Tablett in der Hand, Tränen in den Augen.

»Nella«, sagt sie leise. »Niemand möchte Ocko etwas nehmen. Oder uns. Ich möchte doch genau das: dass Opa hierbleiben kann, dass ich auf ihn aufpassen kann. Aber wenn wir nicht genug Geld verdienen, dann …« Sie unterbricht sich selbst, schüttelt den Kopf. So als könne sie das Problem damit einfach wegschütteln. Sie will noch etwas sagen, fängt an, stutzt, sagt dann was anderes: »Weda, möchtest du noch etwas? Noch einen Kuchen? Oder Kaffee?«

»Nein, danke.« Weda steht auf. »Ich muss zurück. Wir haben doch Reiterferienkinder da, und wir wollen noch einen kleinen Ausritt auf dem Strand machen. Nella, bringst du mich zu Felix?«

KAPITEL 30

»Der Gonger will euern Hof kaufen?«, fragt Kiran nun schon zum dritten Mal.

»Und den Pferdehof auch?«, kommt es auch von Tasha noch einmal.

Sie sitzen auf dem abendkühlen Sand, vor ihnen geht die Sonne unter, ein dunkeloranger Ball, der im Wasser zu versinken scheint. Zum Abschied lässt die Sonne einen goldenen Streifen Licht auf der Meeresoberfläche funkeln, der fast bis zu ihnen am Strand reicht. Als sie klein war, hat Nella sich immer vorgestellt, es wäre eine Brücke, auf der man bis zum Horizont entlangwandern könnte.

»Wenn der Gonger es schafft, dass die Leute nicht mehr in unser Café kommen, dann müssen wir …« Nella beendet den Satz nicht, sie hat es ja bereits mehrmals erklärt, bemerkt im gleichen Moment allerdings, dass sie *unser* gesagt hat. *Unser Café*. Und gleichzeitig hat sie noch etwas bemerkt, noch etwas endlich so richtig verstanden: Mama hat das Café überhaupt erst deswegen eröffnet. Damit sie auf dem Hof sein kann, mit Opa. Damit er tagsüber nicht allein sein muss. Damit sie *alle* hierbleiben können, bei ihrer geliebten Mühle. »Ich möchte nicht woanders leben. Und Opa …« Nella schluckt. Sie will das alles gar nicht in Worte fassen, die Gedanken allein sind anstrengend genug.

»Wir müssen den Gonger abhalten.« Kiran ist aufgestanden und sieht aus, als würde er sofort losstürmen wollen.

»Wir?«, fragt Nella und muss lächeln. Kiran sieht wild entschlossen aus.

»Klar!« Er setzt sich dann doch wieder in den Sand zu Nella und Tasha. »Wir haben vor, wiederzukommen.«

»Ihr wollt wiederkommen?«, fragt Nella.

Tasha nickt jetzt. »In den nächsten Ferien. Das haben Mama und Papa uns vorhin gesagt.«

Jetzt ist es Nella, die aufspringt. »Wir müssen das Café retten.«

An diesem Abend ist Nella in der Mühle. In ihrer Mühle, die jetzt so fremd und anders ist. Und trotzdem weiß sie genau, dass die eine Diele, vier Schritte hinter der Eingangstür, knarrt. Das war schon immer so, auch wenn sie jetzt abgeschliffen und gestrichen und sauber aussieht.

Sie sitzt mit Tasha und Kiran in ihrem Schlafzimmer auf dem runden flauschigen Teppich, der mitten in dem Raum liegt. Vor sich ein Notizbuch, worin Kiran in seiner eckigen Handschrift Stichpunkte aufschreibt.

»Wir brauchen ein Schild«, sagt Nella. »An der Straße. Einen Wegweiser. Es kann ja so auch keiner das Café finden. Zumindest nicht zufällig.«

»Und wer es findet, der wird vom Gonger verjagt«, wirft Kiran ein.

»Opa könnte es aus Holz zimmern«, überlegt Nella weiter.

»Wir müssen noch mehr Werbezettel verteilen«, findet Kiran und schreibt das auf.

»Und Kuchen«, sagt Tasha das erste Mal jetzt auch was dazu.

»Kuchen? Was meinst du?«, erkundigt sich Nella.

»Wir könnten auch Kuchen …«, beginnt sie.

»Verteilen«, quietscht Kiran aufgeregt. »Kuchenproben …«

»Für die Leute am Strand und auf dem Deich«, das sagt jetzt wieder Tasha.

»Häppchen!« Kiran nickt wie verrückt.

Und Nella guckt von Kiran zu Tasha. Nichts ist übrig von dem scheuen Kiran und der zickigen Tasha. Jetzt vervollständigen sie sogar ihre Sätze gegenseitig. Nella grinst. Aber dann fällt ihr wieder ein, warum sie hier sitzen, und sie seufzt.

»Nella!« Ein Rufen von draußen.

»Das ist Tilke«, erkennt Nella, stellt sich an das kleine Mühlenfenster, macht es auf und schaut hinaus.

Neben dem Kirschbaum steht ihre Schwester. »Nelllaha!«,

ruft sie noch einmal, dreht sich um die eigene Achse, ihre Zöpfe wirbeln mit.

»Hier oben!«

Tilke entdeckt sie. »Eben kam ein Anruf wegen Fee. Sie wird morgen abgeholt.«

»Oh«, macht Nella, hebt dann ihr Hand und winkt, damit Tilke weiß, dass sie verstanden hat.

»So schnell?«, sagt Tasha hinter ihr das, was sie gerade denkt. Sie klingt mindestens genauso traurig.

Nella sieht, dass Tasha jetzt das Notizbüchlein hält, darin herumkritzelt. Einen Augenblick später hält sie es hoch. »So ungefähr.«

Auf dem Blatt hat Tasha ein Schild gemalt, in Form eines Pfeils, darauf steht in schnörkeliger Schönschrift:

Café Lakritz 20 m.

»Das sieht gut aus«, sagt Nella. »Es sind aber 50 Meter von der Straße bis zum Hof.«

»Hast du das gemessen?«, will Tasha wissen.

»Es sind 80 Schritte ungefähr, das macht 50 Meter«, sagt Nella.

»Dafür braucht man eine Minute«, weiß Kiran.

Tasha verdreht nun doch nach alter Tasha-Art die Augen. »Kiran zählt immer Sekunden.«

Nella grinst, jetzt weiß sie nämlich, warum Kiran manchmal

stumm seine Lippen bewegt. »Ich zähle Schritte«, verkündet sie.

»Na, ihr passt ja super zusammen, wie Topf und Deckel«, kommentiert Tasha, aber sie sagt das nett, ganz und gar nicht nach alter Tasha-Art.

Noch eine ganze Weile sitzen sie in dem Zimmer in der Mühle und planen die Rettung des Cafés. Die Liste ihrer Ideen in dem Notizbuch wird immer länger, ihr Plan immer klarer und Nellas Entschluss immer fester.

In dieser Nacht kann Nella nicht einschlafen. Einmal weil Ferris und Fee wieder auf ihrer Decke liegen und sie ihre letzten Stunden mit Fee wach erleben möchte. Schnurrend liegen die Katzen da und Nella krault ihr warmes, weiches Fell.

Zweitens, weil Nella die ganze Zeit durchs offene Fenster nach draußen lauscht. Nicht, dass wieder jemand über den Hof schleicht und Unfug macht. Sie hat natürlich keinen Beweis dafür, dass es der Gonger war, der die Stromsicherung in der Scheune ausgedreht hat. Aber sie ist sich trotzdem sicher, dass er es war. Sie ist überzeugt davon, dass er auch das Gesundheitsamt geschickt hat. Wer denn sonst? Auf jeden Fall aber hat er ihre Gäste vergrault, das ist ganz und gar gewiss!

Die Gedanken in Nellas Kopf kreisen so wild und tosend wie ein Sturm auf dem Meer. Wie Wellen, die erst in eine und dann in die andere Richtung schwappen. Kaum hat sie einen Gedanken zu Ende gedacht, kommt schon der nächste angespült. Nella denkt an Opa und die Zwillinge, an Mamas Torten und Tilkes Frisuren.

Mit einem Mal scheint es ihr, als würde eine von Nabils Melodien leise durch ihr Zimmer schweben. Und schon im nächsten Moment streckt auch noch Felix das Pferd seinen Kopf durch ihr Schlafzimmerfenster und wiehert laut: »Lakritz-Eis ist meine Lieblingssorte.«

»Nein!« Erst jetzt sieht Nella, dass der Gonger auf Felix' Rücken sitzt und ihr einen Kaufvertrag durchs Fenster reicht. »Ich mag nur Schokoladeneis mit Streuseln und riesige Ferienhäuser aus Beton.« Er lässt den Vertrag auf Nellas Bett fallen, direkt auf Ferris' Rücken. Der Kater miaut entrüstet und springt mit einem Satz auf die Fensterbank, fauchend und kratzend.

Nella schreckt auf.

Nur ein Traum! Das war nur ein Traum!

Ferris allerdings sitzt tatsächlich auf der Fensterbank. Er miaut noch einmal, wartet auf Fee. Und die beiden verschwinden lautlos in der Nacht.

Nella lässt sich zurück auf ihr Kissen fallen und wartet, bis ihr klopfendes Herz sich wieder beruhigt.

KAPITEL 31

»Mama, du kannst unseren Hof nicht verkaufen.« Nella reißt mit Wucht die Schlafzimmertür ihrer Mutter auf.

Aber der Raum ist leer, das Bett gemacht. Bestimmt ist sie bereits in der Scheune, denkt Nella, und zieht sich an. Aber im Café ist sie auch nicht. Nur Tilke sitzt dort am gedeckten Frühstückstisch.

»Wo sind denn alle?«, erkundigt sich Nella.

»Mama ist mit Opa beim Arzt und …«

»Beim Arzt?«, fährt Nella dazwischen, will rufen, es kommt aber nur ein Quieken heraus.

Tilke hält beide Hände in die Höhe, schüttelt den Kopf: »Keine Sorge, es ist nur eine Routineuntersuchung. Er muss ja jetzt alle paar Wochen einmal hin.« Sie zwirbelt sich eine Duttfrisur, die ohne Spange nur drei Sekunden hält und zählt weiter auf: »Die Kellys schlafen wohl noch, nur Kiran war eben schon hier, er wollte wissen, ob wir einen Bollerwagen haben.«

»Muss Mama nicht backen?«, fragt Nella. »Und wofür wollte Kiran einen Bollerwagen?«

»Ich warte auf Nabil, dann fangen wir schon einmal mit den Tortenböden und dem Vanilleeis an, heute gibt es Waffeln«, antwortet Tilke auf Nellas erste Frage. Dann zäht sie auf: »Es gibt auch Schokoladen-Erdbeereistorte mit Sahne, Marmorkuchen und Käsequiche. Und das andere musst du Kiran wohl schon selbst fragen.«

»Könntest du auch noch von den Lakritz-Keksen backen?«, fragt Nella.

»Gute Idee«, sagt Tilke. »Wir legen gleich los.« Sie schaut auf die Uhr, bleibt aber sitzen.

Und Nella legt auch los. Sie haben heute, bevor das Café öffnet, noch viel vor. Doch erst mal muss sie sich um die Tiere kümmern. Und Kiran suchen.

Aber die Hühner picken bereits zufrieden Maiskörner vom Boden, Amalie zupft frisches Gras in der Morgensonne. Und auf dem Weidezaun sitzt Kiran, wie ein Cowboy, nur ohne Hut. Auch kaut er nicht auf einem Grashalm herum, sondern auf seinem Stift, das Notizbuch ragt aus seiner Hintertasche heraus. Einmal hebt die Stute ihren Kopf, macht vier Schritte auf Kiran zu, stupst ihn mit der Schnauze an, schnauft und frisst dann weiter, zufrieden.

»Ihr seid die besten Freunde geworden, wie ich sehe«, begrüßt ihn Nella und Kiran purzelt vor Schreck fast rückwärts vom Zaun.

»Guten Morgen«, sagt Kiran, schaut von Nella zum Pferd und nickt nachdenklich. »Wer hätte das gedacht.«

»Ich ja nicht«, kommt es von hinter ihnen. Das ist natürlich Tasha. »Aber du hättest ihn mal sehen sollen, wie er die Hühner gefüttert hat. Als hätte er nie was anderes gemacht.« In Tashas Stimme klingt etwas mit, was vorher ganz sicher nicht da war, wenn sie zu ihrem Bruder sprach, denkt Nella. Stolz vielleicht? Zumindest Wärme.

»Du warst das?«, fragt Nella.

Kiran nickt, grinst und steigt vom Zaun. »Nur die Katzen haben noch kein Frühstück bekommen.«

Sofort muss Nella an Fee denken und daran, dass es heute ihr letzter Tag auf dem Sternenhof sein wird. Armer Ferris, denkt Nella und schaut sich suchend um. Als hätte der Kater ihre Gedanken gehört, ertönt ein Miauen vom Haus, bestimmt warten die Katzen dort auf ihr Futter.

Gemeinsam gehen sie zur Hintertür, Nella holt das Futter, Tasha übernimmt das Füttern und Kiran das Streicheln.

»Im Schuppen sind Holzreste und Bretter und so«, sagt Nella einen Moment später. »Für das Schild«, fährt sie fort, dabei haben Kiran und Tasha das auch so verstanden.

Und noch während sie im Schuppen kramen, kommen Opa und Mama zurück. Nella versucht, in ihren Gesichtern zu lesen, wie ihr Termin war, aber Mama hat diesen verschlossenen Ausdruck, den sie immer hat, wenn sie nicht reden will. Nicht über Opas Krankheit und ganz offensichtlich auch nicht über den Gonger, der ihren Hof kaufen will. Aber Mamas Hände hängen entspannt an ihrer Seite, das ist doch immerhin ein gutes Zeichen.

»Wir machen ein Straßen-Schild für das Café Lakritz«, verkündet Nella.

Nun lächelt Mama doch, schaut jetzt auch ein bisschen anders, froher irgendwie. Und Nella sagt es doch noch einmal: »Du kannst doch unser Zuhause nicht verkaufen.« Leise sagt sie das, nur für Mama. Eine Möwe fliegt genau in diesem Moment über sie hinweg, sie schreit, es klingt ganz eindeutig wie eine Zustimmung.

Mama macht einen Schritt auf Nella zu, breitet die Arme aus und hält sie fest, kurz wiegt sie Nella hin und her, so wie früher, als sie klein war, wenn sie Bauchweh hatte. Oder traurig war. Oder auch einfach nur so. Eine Umarmung geht immer. Mama sagt, ganz leise und ganz nah an Nellas Ohr: »So schnell gebe ich nicht auf.«

»Wir!«, wispert Nella zurück. »So schnell geben *wir* nicht auf.« Jetzt grinst Mama sogar richtig. Langsam löst sie die Umarmung und geht zurück zum Haus.

»Ich hab was!«, ruft Kiran und hält ein helles Brett hoch, das einmal ein Einlegeboden von einem alten Küchenregal gewesen war, daran erinnert sich Nella genau.

»Opa, hilfst du uns?«, fragt Nella. »Wir müssen ein Ende sägen, so dass das Ganze wie ein Pfeil aussieht.«

»Natürlich«, antwortet er. »Dafür brauch ich …« Er denkt nach, schaut sich suchend im Schuppen um, als würde er ihm sagen, nach welchem Wort er sucht.

»Eine Säge, Opa«, sagt Nella schnell. »Ich hole deinen Werkzeugkasten aus dem Stall.«

Kurz steht Opa mit der Säge in der Hand unsicher vor dem Brett, das Nella ihm auf die Werkbank gelegt hat. Opa zögert noch, da hat Nella eine Idee. Einmal hat er ihr erzählt, dass sie früher Seemannslieder gesungen haben, bei der Arbeit im Hafen.

Sie holt tief Luft: »*Wir lagen vor Madagaskar …*«, trällert sie los, nicht sehr laut, dafür aber sehr schief. Sie schaut Kiran an, der nickt und anfängt mitzusingen.

Sogar Tasha fällt fast gleichzeitig mit Opa und seiner rauen tiefen Stimme mit ein. »*In den Fässern da faulte das Wasser …*« Und kaum beginnt Opa zu singen, da hebt er die Säge an, sägt im Takt die Enden ab. Als sie die letzte Strophe erreicht haben, von der allein Opa den Text noch zusammenbekommt und Nella nur noch summt, da ist die Pfeilspitze fertig.

»Oma hat sich auch noch lange an ihre alten Kindheitslieder erinnert«, wispert Kiran Nella zu.

Mit einem Bleistift zeichnen Nella und Tasha Buchstaben vor, die sie mit schwarzer Farbe ausmalen, schwarz wie Lakritz eben.

Gerade als sie das Schild an den Kirschbaumstamm lehnen,

damit die Farbe trocknen kann, ertönt Motorengeräusch hinter der Terrasse. Jemand kommt die Auffahrt hochgefahren und Nella und die Zwillinge wirbeln herum, erwarten den silbernen Sportwagen vom Gonger.

Aber es ist ein winziger, grasgrüner Kastenwagen, aus der eine ältere Dame mit langen grauen Haaren und knallbunten Pluderhosen steigt. Nella kennt die Frau, weiß aber nicht genau, woher.

»Guten Tag«, grüßt sie. »Ich suche Tinkerbell, meine Katze.«

KAPITEL 32

»Fee«, sagt Nella.

»Das stimmt«, die Frau nickt. »Tinkerbell ist eine Fee. Und so heißt auch meine Katze. Ihr habt sie gefunden, richtig?«

Nella nickt, dabei stimmt das gar nicht, Ferris hat sie gefunden.

»Und wo ist sie jetzt?« Die Frau schaut sich suchend um, atmet tief durch, lächelt. »Lakritz«, sagt sie. »Was für ein schöner Geruch.«

»Ich weiß nicht genau«, erwidert Nella, guckt ebenfalls in alle Richtungen. »Wir können den Hof absuchen?« Sie schaut Kiran und Tasha an, die sofort verstehen.

»Wir teilen uns auf«, sagt Tasha.

Aber von den beiden Katzen keine Spur. Mama, die Frau und Opa stehen auf der Café-Terrasse und unterhalten sich, als Nella die Suche aufgibt.

»Die Katzen kommen bestimmt zum Abendessen zurück, spätestens«, sagt sie zu der Frau, als auch Tasha und Kiran endlich kopfschüttelnd ankommen. »Und manchmal sind sie nachmittags hier, schlafen in der Sonne.« Sie deutet auf die eine Stelle zwischen zwei der Pflanzenkübel, dorthin, wo Ferris so gerne liegt.

»Ich komme einfach später wieder«, beschließt die Frau. »Ich wollte doch schon die ganzen Tage das Café Lakritz besuchen.« Sie schaut zur Scheunentür und nach oben, runzelt die Stirn, sagt aber nichts mehr, sondern geht winkend davon.

»Wer war das?«, fragt Nella. »Ich kenne sie irgendwoher.«

»Ingrid«, antwortet Mama. »Sie hat die kleine Goldschmiede in der Hauptstraße.«

Natürlich, denkt Nella. Der Laden ist winzig und liegt am Ende einer engen, verwunschenen Gasse in einem rosenbewachsenen Hinterhof, nicht weit von der Bäckerei entfernt. Es ist sehr hübsch dort, Nella lächelt. Und dann denkt sie daran, dass sie sich nachher von Fee verabschieden muss, und seufzt.

Nabil kommt aus der Scheune, dicht gefolgt von Tilke und dem Geruch nach frischen Kuchen. »Eure Kekse sind fertig«, sagt er zu Nella und überreicht ihr eine große Dose.

»Kekse?«, fragt Mama.

»Lakritz-Kekse«, sagt Nella. »Wir haben einen Plan.« Aber mehr will sie nicht verraten, es soll doch eine Überraschung werden.

»Und die Tortenböden sind auch bereit«, fährt Nabil fort, woraufhin Mama in die Hände klatscht. »Dann an die Arbeit«, sagt sie. »Hilfst du mit, Ocko?«

»Natürlich«, sagt Opa, und alle verschwinden wieder in der Caféküche.

Nur Nella und Kiran und Tasha nicht.

»Was nun?«, fragt Tasha und blinzelt in den Himmel, wolkenlos und hellblau. Sie wischt sich über die Stirn. »Wollen wir erst mal baden gehen?«

»Es ist Ebbe«, sagt Nella.

»Wir haben noch viel zu tun«, sagt Kiran gleichzeitig.

Nella drückt ihm die Keksdose in die Hand, läuft in die Scheune zum Tresen. Ein kleiner Stapel von Nabils Werbezetteln liegt dort, sie greift ein paar, rennt wieder raus und ruft: »Kommt.«

Im Stall, hinter der Kutsche, steht ein alter Bollerwagen. Eigentlich ist es eine Miniaturkutsche, die Opa Ocko für Tilke und Nella gezimmert hat, als sie noch klein waren. »Einen Bollerwagen haben wir nicht.« Nella greift nach den Schnüren, die daran befestigt sind, springseildick, und zieht das kleine Gefährt auf den Hof. Die Gummireifen quietschen überrascht, so lange wurden sie nicht mehr bewegt.

Kiran lacht auf. »Cooles Ding«, sagt er und stellt die Dose hinein.

Nella schaut auf die Keksdose, auf die Minikutsche, überlegt. Dann macht sie kehrt, rennt zum Haus. »Ich habe eine

Idee«, ruft sie den anderen zu. »Nein, ich habe zwei Ideen, wartet …«, und schon ist sie durch die Hintertür in die Küche gerannt. Ungeduldig stöbert sie durch die Schubladen, bis sie gefunden hat, was sie sucht. Anschließend stürmt sie wieder hinaus, drückt Kiran den Gegenstand in die Hand und verschwindet erst im Stall, dann hinter dem Haus. Am Weidenzaun hält sie an, hält das Halfter hoch und ruft: »Amalie, wir haben etwas zu tun und du kommst mit.«

Die alte Stute schnauft, kommt angetrabt, hält bereitwillig ihren Kopf hin.

»Gute Idee, wir nehmen Amalie mit.« Kiran und Tasha tauchen hinter Nella auf, grinsen wie verrückt.

»Schließlich haben wir ja auch eine Minikutsche«, sagt Nella. »Und es ist Ebbe. So können wir am Strand entlang, das wäre bei Flut zwischen den ganzen Leuten am Strand nicht so praktisch.«

»Aber was willst du damit«, fragt Tasha und zeigt auf Kirans Hände. »Grillen wir?«

»Das ist zwar eine Grillzange, aber damit verteilen wir die Kekse. Wegen Hygiene und so, verstehst du?«

Tasha nickt, grinst und greift ganz selbstverständlich zum Halfter, um die Stute durch das Tor zu führen. »Und jetzt«, wispert sie dem Pferd ins Ohr, »machen wir Werbung für das Café Lakritz.«

Kurz rennt Kiran noch einmal in die Mühle, kehrt gleich darauf mit Klebestreifen zurück und klebt auf jede Seite der kleinen Kutsche einen Zettel. Und 179 Schritte später sind sie auf dem Deich, haben bereits ein paar Kekse verteilt bevor sie weit gekommen sind.

Urlauber bleiben stehen, bewundern die Kutsche, Kinder streicheln Amalie, Kiran verteilt Kekse und Tasha drückt ab und zu jemandem einen Zettel in die Hand. Aber davon haben sie nicht viele und noch bevor sie durch das Fluttor auf den Strand laufen, ist kein Zettel mehr übrig. Doch das macht nichts. »Immer der Mühle nach«, sagt Nella und alle nicken. Niemand, der hier vorbeiläuft, kann die Flügel der Windmühle übersehen.

Am Strand ist nicht so viel los, da jetzt Ebbe ist und die meisten Leute einen Wattspaziergang machen. Trotzdem dauert es nicht lange, bis nur noch ein paar Kekse am Dosenboden liegen.

»Puh«, macht Kiran, »wir hätten was zu trinken mitnehmen sollen.«

»Lasst uns zurückgehen«, entgegnet Nella.

Als sie wieder auf dem Deich ankommen, ist nur ein einziger Keks übrig. Zufrieden grinsen die drei sich an, klopfen Amalies Hals, überlegen, wie sie das doch bestimmt mittlerweile getrocknete Schild aufhängen wollen, als Tasha anhält. Nella erstarrt. Vor ihnen steht der Gonger. Er mustert die Kutsche, das Pferd, die drei Kinder. Alles in Seelenruhe.

»Was habt ihr da?«, fragt er nach einer gefühlten Ewigkeit.

Nella hebt die Dose hoch, hält sie dem Mann hin. Der Gonger schnüffelt. »Lakritz«, sagt er, verzieht den Mund. »Ich hasse Lakritz.«

Wortlos stellt Nella die Dose zurück in das kleine Gefährt, geht los. Sie hat nicht vor, dem Gonger auszuweichen. Sie greift nach Amalies Halfter, und mit Tasha links vom Pferd und Nella rechts gehen sie auf den Gonger zu, so, dass er vor der alten Stute ausweichen muss. Nella lächelt und Kiran nickt ihr zu.

Und während das beruhigende Geklapper von Amalies Hufen auf dem Deichboden sie begleitet, denkt sie daran, dass sie dem Gonger da noch vor ein paar Tagen zugestimmt hätte. Aber das war vor ein paar Tagen.

Jetzt ist alles anders.

Sie schnappt sich den letzten Keks, beißt ab und sagt: »Der bekommt meine Mühle nicht. Niemals.«

KAPITEL 33

»Wir müssen Wache schieben«, sagt Nella ein paar Stunden später.

Es ist fast drei Uhr, das Café macht gleich auf. Mit Hilfe von Opa Ocko und Tilke haben sie noch rechtzeitig den Wegweiser an den Zaun genagelt, genau dorthin, von wo man ihn von der Straße aus richtig gut sehen kann.

»Wieso das denn?«, fragt Tasha.

»Du hast uns doch erzählt, dass der Gonger die Leute verscheucht, wenn sie auf den Hof kommen wollen«, sagt Kiran.

»Genau.« Nella geht vor, erst zur Auffahrt, dann zur Hauptstraße.

»Deswegen sollten wir hier warten, hier müssen ja alle vorbei, wenn sie ins Café wollen.« Nella guckt links und rechts die Straße entlang, erwartet, dass der Mann gleich auftaucht. Aber im Moment ist es noch menschenleer. Nur ein paar Radler sind in der Ferne zu sehen.

»Aber es gibt heute Schokoladen-Erdbeereistorte«, sagt Tasha sehnsüchtig. »Mit Sahne.«

»Wir wechseln uns ab«, beschließt Nella und versucht ihre Stimme mutig klingen zu lassen. Sie hat keine Angst vorm Gonger, was kann er denn schon machen?

»Ich bleibe hier«, sagt Kiran, schaut Tasha dabei an, die kurz darauf leise schnauft. Ein bisschen klingt sie dabei wie Amalie, dann sagt sie: »Dann bleibe ich auch.«

Nella schluckt den Stoßseufzer der Erleichterung schnell runter und schlägt vor: »Einer von uns kann ja ein paar Erfrischungen aus dem Café holen und …«

Bremsen quietschen und die Radfahrergruppe, die eine Familie mit vier Kindern ist, hält vor ihnen an. »Ist hier das Café in der Mühle?«, fragt die Frau und guckt von Nella zu Kiran und Tasha.

»Nein«, ertönt eine tiefe Stimme und Nella ist so überrascht, dass sie erst mal gar nichts sagt. Der Gonger! Das gibt es ja gar nicht, denkt Nella. Er steht hinter der Familie und hat sie und die Zwillinge wohl gar nicht gesehen. »Doch!«, brüllt Nella mehr, als dass sie es sagt. »Immer die Einfahrt entlang«, fährt sie etwas leiser fort, spricht aber klar und deutlich, »das Café ist in der alten Scheune, das können Sie gar nicht übersehen.«

Die Radfahrer blicken von Nella zu dem Mann, der sie nun auch entdeckt hat, die Augen zusammenkneift und Nella mustert. Nella hält dem Blick stand, sagt: »Heute gibt es Eistorte.« Ihr Herz schlägt dabei so schnell wie Mamas Rührgerät, wenn sie Teig rührt.

»Mit Sahne«, kommt es nun von Kiran, und Nella hat das Gefühl, gleich losprusten zu müssen.

»Mit Sahne«, sagt nun auch Tasha, lacht dabei laut auf.

Und während die vier Kinder der Familie losjauchzen, das Wort *Eistorte* aufgeregt wiederholen, beginnen sie schon lächelnd die Einfahrt hinaufzuradeln, immer Richtung Café Lakritz. Der Gonger geht ihnen langsam hinterher. Er grinst, falsch und aufgesetzt, das sieht Nella genau. Seine Augen sind noch immer zu Schlitzen geformt.

»Wenn der im Café ist, dann müssen wir ja nicht mehr hier stehen«, sagt Tasha und geht los.

Nella und Kiran wollen sich ihr gerade anschließen, als das grüne Auto von Ingrid, der Goldschmiedin, um die Ecke biegt und mit einem kurzen Hupen bei ihnen abbiegt.

»Fee«, murmelt Nella. »Vielleicht ist sie mit Ferris ja mittlerweile aufgetaucht.« Und mit traurigen, langsamen Schritten, 83, um genau zu sein, geht sie zusammen mit Kiran nun auch zurück.

Im Café sitzen die Eltern der Zwillinge, Tasha und die Fahrradfamilie auf der Terrasse, Ingrid steht am Tresen, bewundert Nabils Ohrringe, während er Kaffee bereitet und Milch aufschäumt. Nur vom Gonger ist nichts zu sehen, das bemerkt Nella sofort. Sie bleibt in der großen Scheunentür stehen, aber er ist weder drin noch draußen. Seltsam. Ist er vielleicht auf der Toilette? Nella beobachtet die Tür zum Bad eine ganze Weile, aber sie bleibt verschlossen.

Mama und Tilke kommen aus den Schwingtüren geflattert, beide heute mit einer Pferdeschwanzfrisur, und wehenden Sommerkleidern. In den Händen tragen sie Tabletts und ihre Gesichter strahlen, vor Freude und auch ein bisschen von der Hitze. Die Eistorte sieht gut aus, mehrstöckig, mit einem perfekt geformten Sahnetürmchen obendrauf. Und natürlich ein kleines Lakritz-Herz.

»Wo ist eigentlich …«, beginnt Nella zu fragen, aber da entdeckt Mama Ingrid, ruft einen Gruß durch die Scheune in ihre Richtung, wirbelt auf die Terrasse.

»Nabil?«, versucht es Nella noch einmal, geht zum Tresen. »Hast du …?«

»Nella«, unterbricht Nabil sie sofort. »Du kommst genau richtig.« Er stellt zwei Gläser auf den Tresen, eins für Ingrid, eins für Nella. Kühles und sprudelndes Wasser, ganz was man bei dieser Wärme gut gebrauchen kann. Bis auf das grüne Zeug darin.

»Ist das Gras?«, fragt Nella.

Nabil schüttelt den Kopf. »Probier.«

Vorsichtig hebt sie das Glas an die Lippen, und riecht es, bevor sie es schmeckt.

»Lakritz«, hört sie Ingrid neben sich kommentieren.

Nabil nickt aufgeregt, deutet auf zwei kleine Blumentöpfchen hinter sich. »Lakritz-Kraut. Wie schmeckt euch die Lakritz-Limonade?«

»Gar nicht mal so schlecht«, sagt Nella und ist insgeheim froh, dass die Lakritz-Limonade jedoch hauptsächlich wie Wasser schmeckt. »Hast du diesen Mann gesehen«, fragt sie jetzt aber schnell, weil Nabil schon wieder den Mund öffnet, um etwas zu sagen.

»Mann?«, hakt er nach.

»Hier ist doch eben ein Mann reingekommen, der schon öfter da war«, sagt Nella.

Aber Nabil zuckt nur mit den Schultern, dreht sich zu Tilke, die mit einer neuen Bestellung neben Nella auftaucht. Seine Augen leuchten dabei auf, so als hätte er sie seit Tagen nicht gesehen.

»Ferris und Fee sind auf der Terrasse.« Kiran kommt nun auch hineingelaufen. Er deutet mit dem Kinn hinter sich, zu Ferris Stammplatz zwischen zwei Pflanzenkübeln.

»Fee?« Ingrid lächelt Nella an, lässt sich vom Barhocker gleiten.

»Wir haben Ihre Tinkerbell Fee genannt«, erklärt Nella leise, geht schnell vor, damit Ingrid ihren Seufzer nicht hören kann.

Vor den beiden Katzen stehen die vier Kinder der Radlerfamilie und staunen: Ferris und Fee liegen Pfote an Pfote dicht beieinander im Schatten der Pflanzgefäße, die Augen zu, vollkommen entspannt auf den sommerwarmen Steinfliesen.

»Die sind verlie-hiebt«, flüstert eins der Kinder ganz ehrfürchtig, nickt seinen kleineren Geschwistern wissend zu.

»Ich glaube auch«, sagt Ingrid und legt Nella kurz die Hand auf die Schulter.

»Sie sind unzertrennlich.« Das sagt jetzt Tasha, die auch aufgestanden ist, die Katzen betrachtet und auflacht, als Fee sich eine Pfote über die Augen legt.

Nella schluckt.

»Hm«, macht Ingrid nachdenklich. »Ich glaube, so ein Glück können wir nicht auseinanderreißen, oder?«

Nella dreht sich zu Ingrid um, die sie beobachtet. Dann schaut sie wieder zu den Katzen, Ferris streckt sich jetzt und Fee kuschelt sich noch näher an ihn heran. Nella sagt nichts, wartet ab.

Ingrid lächelt. »Vielleicht kann Fee hier wohnen bleiben? Bei Ferris und euch? Und ich komme sie dafür regelmäßig besuchen?«

»Fee kann bleiben?« Nella lacht Ingrid an, merkt, dass sie die Luft angehalten hat, atmet laut und lang aus.

»Ich glaube, sie *muss* bleiben«, antwortet die Goldschmiedin, hockt sich kurz hin und streicht der kleinen Fee über den Rücken.

Glücklich dreht sich Nella um, will Kiran und Tasha angrinsen, als ihr Blick dabei hinter die Duftnelken auf den Hof fällt.

Dort kommt Opa gerade aus dem Stall. Mit dem Gonger. Beide tief im Gespräch miteinander.

»Opa!« Nella hüpft zwischen zwei Duftnesselkübeln von der Terrasse, läuft auf die Männer zu.

Aber die verabschieden sich bereits, mit einem Handschlag, und der Gonger geht mit einem Seitenblick auf Nella und einem zufriedenen Grinsen im Gesicht langsam davon.

KAPITEL 34

»Was wollte der Typ?«, fragt Nella sofort.

Opa legt Nella den Arm um die Schulter, dreht sich so mit ihr zur Windmühle, schaut hinauf. »Als kleiner Junge habe ich Stunden in der Mühle verbracht«, erzählt er ihr, »so getan, als wäre es mein eigenes Schiff, das alle Weltmeere durchsegelt hat. Oder mein Piratenversteck.«

Nella lehnt sich an ihren Opa, das weiß sie, er war es doch, der ihr die Mühle gezeigt hat, als sie klein war. Und dann war es *ihr* Geheimversteck. »Und der Mann?«, hakt sie noch mal nach.

»Der wollte sich den Hof einmal anschauen«, sagt Opa. »Er sprach davon, hier Ferien zu machen.«

»Ferien zu machen?«, fragt Nella leise. »Oder einen *Ferienort* zu machen?«

Aber Opa scheint sie nicht zu hören, ob es an seinen Ohren liegt, die nicht mehr so gut funktionieren, oder daran, dass er noch immer zur Mühle starrt, tief versunken in seinen Erinnerungen, das weiß Nella nicht.

»Opa«, beginnt Nella noch einmal. »Dieser Mann …«

»Nella!« Ein Ruf von der Terrasse schreckt Nella auf, sie dreht sich um.

Tilke steht da, hebt ein Tablett in die Höhe, winkt damit. Und Nella versteht, sie soll helfen. Denn immer mehr Gäste kommen ins Café, bewundern die Windmühle von der Terrasse aus, freuen sich über die beiden Café-Katzen, essen Kuchen und trinken Nabils Lakritz-Limonade.

Nella hilft beim Abräumen und Kuchen schneiden, sogar Kiran und Tasha machen mit, unaufgefordert. Und die Stunden vergehen wie im Flug. Und fast vergisst Nella sogar die Begegnung zwischen Opa und dem Gonger. Aber nur fast.

So geht es dann jeden Tag: Nella, Amalie und die Zwillinge ziehen mit Keksen durch den Ort, über den Deich und über das Watt. Nabil und Tilke haben Visitenkarten gedruckt, die sie mit den Lakritz-Keksen verteilen. Sogar im Gemeindeblatt wurde ein kleiner Artikel über das Café Lakritz und die Windmühlenwohnung abgedruckt. Und das Café ist jeden Tag gut besucht. So gut, dass Mama ihre nächtliche Eisproduktion wieder aufgenommen hat, Ocko, Tilke und Nabil schon morgens in der Küche zu finden sind, wo sie im Akkord Teig rühren, Obst waschen und Sahne schlagen.

Auch schleicht niemand in der Nacht mehr über den Hof,

höchstens Nella und die Zwillinge, um einen Nachtspaziergang zu machen oder Tilke, die spät von einer Verabredung mit Nabil heimkehrt.

»Ich kann nicht glauben, dass ich noch immer keine Fledermaus gesehen habe«, sagt Tasha eines Tages, als sie mit der alten Stute durchs seichte Wasser spazieren, alle Kekse längst verteilt.

»Ich kann nicht glauben, dass wir schon bald wieder abreisen«, erwidert Kiran.

Nella bleibt stehen. »Wie abreisen?«

»Unser Urlaub hier ist zu Ende«, sagt Tasha, ihre Stimme viel tiefer als sonst, ein Arm um Amalies Hals geschlungen.

»Oh«, sagt Nella, natürlich, die Kellys haben die Wohnung ja nur für zwei Wochen gemietet. Und mit einem Mal spürt Nella so einen Klumpen irgendwo in ihrer Magengegend, der sich schwer anfühlt. Ein solcher Klumpen, der sich doch gerade in den letzten Tagen erst aufgelöst hatte!

Für siebenundvierzig Schritte sagt niemand mehr ein Wort, nur Kiran bewegt schweigend die Lippen, bis er murmelt: »Der Gonger ist gar nicht wieder aufgetaucht.«

»Zum Glück«, sagt Tasha und Nella nickt.

»Der hat bestimmt kapiert, dass hier nichts verkauft wird«, sagt Nella. »Das Café läuft ja auch gut jetzt und …«

»Felix!« Tasha ist stehen geblieben und ruft und winkt aufgeregt.

Vor ihnen taucht Weda auf dem Schimmel Felix auf, hinter

ihr eine kleine Gruppe Reiterferienkinder auf Ponys. »Silber, Titus, Smilla und Maiglöckchen«, begrüßt Tasha jedes Pony einzeln, lacht glücklich auf, verstummt dann. Bestimmt ist ihr gerade eingefallen, dass sie bald abreist, überlegt Nella, die Weda begrüßt.

»Nella, wie geht es dir?«, fragt die Frau höflich. »Wir machen unseren ersten Ausritt, die Kinder sind jetzt so weit«, erzählt sie stolz, deutet auf die Reitschüler. Sie wischt sich die Stirn. »Heiß unter dem Reiterhelm«, murmelt sie, will weiterreiten.

»Wartet.« Nella hat eine Idee. »Warum kommt ihr nicht ins Café? Es macht gleich auf. Wenn ihr ein bisschen früher kommt, das macht bestimmt nichts. Und die Pferde können zu Amalie mit auf die Weide.«

»Heute gibt es Zitronen- und natürlich Lakritz-Eis«, ergänzt Tasha, hält ihre Hand hoch und zählt Finger für Finger auf: »Außerdem Käsequiche, Nusstorte, Erdbeerkuchen und Waffeln mit Eis und Sahne und Stachelbeeren.«

»Du bist eine wandelnde Speisekarte«, sagt Kiran und Weda lacht.

»Was meint ihr?« Die Reitlehrerin dreht sich zu ihren Ferienkindern um, die einstimmig für das Eisessen sind.

»Wir sehen uns gleich«, Weda hebt die Hand zum Gruß, »wir reiten einmal rum.« Sie deutet Richtung Straße, klar, über den privaten Dünenweg können sie nicht.

Es dauert nicht lange, da steht Amalie auf ihrer Wiese, heute mit ihrem ganz eigenen Besuch. Zufrieden schnauft die alte Stute und gemeinsam trinken die Pferde an der Tränke am Weidenzaun, die Kiran mit dem Gartenschlauch noch schnell mit frischem Wasser auffüllt.

Im Café nimmt Mama Nella ein paar Stunden später, als alle Gäste gegangen sind, beiseite: »Das war eine gute Idee, Nellalein!«, sagt sie, umarmt Nella. Mama duftet wie immer nach Kuchen, nach Sonne, nach Lakritz.

»Wovon sprichst du?«, fragt Nella überrascht.

»Weda und ich haben besprochen, dass sie regelmäßig mit ihren Reitschülern und Ferienkindern vorbeikommt.« Mama grinst über beide Ohren. »Mit unserer Weide ist das doch ideal. Und für einen ersten Reitausflug für Anfänger sowieso.« Sie gibt Nella einen Kuss, dreht sich um, und geht durch die Schwingtüren in ihre Küche.

»Guten Abend!«, sagt da plötzlich eine Stimme hinter Nella, keine zwei Sekunden später.

In der Scheunentür steht der Gonger. Das bunte Hemd ist weg, er trägt wieder seinen Anzug. Und in der Hand hat er einen Aktenkoffer. »Ich suche Herrn Stern.«

KAPITEL 35

»Herr Stern?« Nella schaut sich zu Opa Ocko um.

Der sitzt auf dem kleinen, bunten Sofa, die Augen geschlossen, eingenickt, wie so oft in letzter Zeit. Die Müdigkeit holt Opa nun öfter ein. Er sieht friedlich aus, ein leises Lächeln im Gesicht, als träumte er von etwas Schönem. Vom Meer vielleicht, denkt Nella. Von seiner Kindheit in der Mühle. Von ihrer kleinen Kutschfahrt gestern oder dem Singen der alten Seemannslieder beim Backen, begleitet von Nabils Gitarre.

»Ja, genau«, sagt der Gonger, entdeckt jetzt Opa auch, macht drei Schritte auf ihn zu.

»Was wollen Sie von Opa?« Nella stellt sich ihm in den Weg. »Er schläft.« Nella weicht nicht von der Stelle: »Und das Café hat geschlossen.«

Der Mann geht einfach weiter, macht zwei Schritte um Nella herum. »Herr Stern?« Er berührt ihn kurz am Arm. »Herr Stern, wachen Sie auf.«

»Jetzt lassen Sie doch Opa schlafen …«, mischt sich Nella ein, setzt sich neben Opa Ocko auf das Sofa.

Opa schnarcht leise auf, zuckt zusammen, öffnet die Augen. »Was …?« Er klingt ganz heiser, gar nicht richtig wach.

»Opa«, sagt Nella nur, hakt sich im Sitzen bei ihm ein.

Opa schaut immer noch, als wüsste er nicht, wo er ist. Wer Nella ist. Und schon gar nicht, wer der Gonger ist.

»Herrn Stern, ich habe den Kaufvertrag fertig gemacht«, sagt der, stellt den Aktenkoffer mit einem Rumms auf den kleinen Kaffeetisch vor dem Sofa ab.

Opa blinzelt, antwortet nicht.

»Herr Stern?«

Opa steht auf, ächzend, zieht Nella mit. »Ist das der neue Arzt?«, fragt er leise, unsicher, guckt den Gonger an, ratlos.

»Herr Stern!« Der Gonger klingt ungeduldig. »Ich bin Bas Tinker, wir haben doch erst vor ein paar Tagen besprochen, dass ich heute mit dem Kaufvertrag komme.«

»Kaufvertrag?« Nella quietscht wie eine ungeölte Kutschendeichsel, laut und hoch. »Wir verkaufen nichts.«

Der Gonger lacht und er klingt jetzt wirklich wie ein Zombie, so falsch ist das Lachen, ein *Hähähä* wie aus einem Comicheft.

Opa steht bewegungslos vor dem Sofa, aber Nella merkt, dass er unruhig wird. Er versteht nicht, was los ist.

»Herr Stern hat meinem Angebot zugestimmt und mir den Hof verkauft«, sagt der Gonger.

»Blödsinn«, ruft Nella, so laut, dass Mama aus der Küche geeilt kommt.

»Per Handschlag«, fährt der Mann einfach fort. »Ein Deal ist ein Deal.«

Mama kommt nun ganz aus der Küche, selbst ihre sieben Schritte in den Raum wirken so anders als sonst, streng und stampfend, ihre Hände wieder verkrampft. Sie hakt sich auf der anderen Seite bei Opa Ocko ein, nun stehen sie da. Nella links und Mama rechts, Opa in der Mitte, der Gonger vor ihnen.

»Mein Vater«, sagt Mama spitz, kurz angebunden, leise, so wie Nella Mama noch nie in ihrem Leben gehört hat. »Mein Vater kann Ihnen nichts verkaufen, was ihm nicht gehört.«

»Wie bitte?« Der Mann wird ganz blass, seine Augen blitzen, Zorn verzerrt ihm den Mund. »Er hat mir die Hand darauf gegeben.« Er kommt auf sie zu, zwei energische Schritte: »Herr Stern?«

Opa wird unruhig, Nella rückt an ihn heran.

»Mein Vater ist alt, Herr Tinker«, sagt Mama, kühl, langsam, ruhig. »Er ist krank«, wispert sie jetzt. »Der Hof gehört mir, er hat ihn mir bereits vor über einem Jahr überschrieben, bevor er …« Sie stockt kurz, fährt fort: »Und ich verkaufe nicht.«

Nellas Herz hüpft und der Gonger reißt die Augen auf. »Aber der Handschlag …«

Mama ignoriert den Mann. Sie wendet sich an Opa Ocko.

»Komm, Papa, wir müssen noch die Küche aufräumen.« Einmal dreht sie sich um. »Bitte verlassen Sie mein Grundstück, das Café hat geschlossen.«

Opa folgt Mama durch die Schwingtüren. »Nella?«, ruft Mama. »Kommst du?«

»Ich komme«, antwortet Nella, blickt noch einmal zum Gonger. »Opa hat Sie längst vergessen«, sagt sie. »Und das machen wir jetzt auch! Sie vergessen.«

Und dann wartet Nella, bis der wutentbrannte Mann durch die neuen, gläsernen Scheunentüren verschwindet.

Mama strahlt Nella an, als sie ihr in die Küche folgt. Gleichzeitig glänzen Tränen in ihren Augen. Sie fasst Nellas Hände, nimmt sie in ihre, schaut ihre Tochter an und sagt ganz ernst und feierlich: »Ich bin sehr stolz auf dich, Nella.«

»Und ich auf dich, Mama«, flüstert Nella.

»Wir schaffen das.« Mama lässt Nellas Hände los, stemmt ihre in die Hüfte und deutet mit dem Kinn zu den Schwingtüren, zum Café.

»Zusammen«, sagt Nella. Und lacht laut auf.

Am nächsten Morgen klingt Gitarrenmusik aus der Küche, Opas knorrige Stimme singt dazu Seemannslieder und ab und zu wird die Musik vom Rührgerät übertönt.

Nella sitzt am Frühstückstisch in der Scheune, allein, nur Ferris und Fee liegen unter dem Tisch. Unruhig springt Nella nach ein paar Minuten auf. Wo bleiben alle? Es ist der letzte

Tag mit den Kellys und sie wollte mit den Zwillingen noch einmal auf das Watt. Tasha soll nicht mit der Angst vor der Flut nach Hause fahren und …

»Guten Morgen, Schatz«, Mama kommt hinein, aus der falschen Richtung, normalerweise ist sie doch immer in der Küche. Jetzt kommt sie von draußen.

»Mama?«, fragt Nella endlich das, was sie seit gestern beschäftigt. »Ist denn die Mühle wieder vermietet? Damit wir genug Geld …« Sie muss an den Gonger denken, den sie doch so vergessen wollte wie Opa. Sie schluckt.

»Nein, Schatz, leider nicht.« Mama bleibt stehen, eine Schwingtür in der Hand. »Wir müssen wohl doch noch ein bisschen mehr Werbung …«

»Wie praktisch!« Die Kellys kommen durch die Scheunentür, alle mit einem riesigen Lächeln im Gesicht.

Kiran, bemerkt Nella, sieht braun gebrannt aus, nichts scheint von dem stillen Jungen übrig, der leichenblass und ängstlich inmitten der Hühnerschar stand.

Mama lässt die Tür los, sie schwingt zu. »Was meinen Sie?«

»Nun, wenn die Wohnung frei ist, würden wir unseren Aufenthalt gerne verlängern«, sagt Herr Kelly.

»Ich muss doch noch reiten lernen«, sagt Tasha.

»Und ich habe noch keine Fledermaus gesehen«, kommt es von Kiran, der sich dabei aber nervös durch die Haare streicht, so als würde gleich eine kommen und auf seinem Kopf landen.

»Und wir wollen einfach noch eine Weile in diesem wunderbaren Ort wohnen bleiben.« Das sagt Frau Kelly.

Mama ist sprachlos, Nella hingegen merkt, wie sich der letzte Rest von dem Klumpen in ihrem Magen auflöst. Sie grinst Kiran an, dann Tasha, und die Zwillinge grinsen zurück.

»Entschuldigung?« Die Stimme überrascht alle.

Ingrid, die Goldschmiedin steht dort, ihr Blick fällt auf Fee, dann lächelt sie in die Runde und hält etwas hoch. »Ich habe etwas gemacht, für euch.«

Nella steht auf, geht auf die Frau zu, die ihr etwas in die Hand drückt.

»Oh, wie schön!« Das ist Mama, die ganz verzückt klingt.

Nella hebt die aus schwarzem Stahl geschmiedeten und zusammengeschweißten Buchstaben in die Höhe. Schwarz wie Lakritz.

Café Lakritz

»Ihr habt ja noch kein Namensschild an der Scheune, da dachte ich mir …« Ingrid spricht nicht weiter, streichelt Fee, die um ihre Füße streicht, lächelt nur.

»Setz dich«, sagt Mama, bedankt sich mit einer Umarmung bei Ingrid. »Es gibt gleich Frühstück.«

Nella atmet tief durch. Es duftet nach Lakritz. Es duftet nach Kuchen.

Es duftet nach zu Hause.

An diesem Abend springen alle zum Feierabend einmal ins Meer, das wie bestellt an den Strand flutet. Sogar Mama, die ansonsten höchsten ihre Füße hineinsteckt. Kiran, der keinerlei Gedanken mehr an beißende Fische und Krabben zu verschwenden scheint, taucht sofort unter. Und Tasha krault mit Nella um die Wette.

Später sitzen sie am Strand, schauen der Sonne beim Untergehen zu, alles begleitet von Nabils Musik, von Opas Geschichten, von Gelächter und den letzten Krümeln Kuchen des Tages.

»Perfekt«, murmelt Nella und vergräbt ihre Füße im abendsonnenwarmen Sand. »Einfach perfekt.«

REZEPTE

LAKRITZ-EIS

Zubereitungszeit: 30 Minuten
Ruhezeit: 24 Stunden

Zutaten:
200 ml Milch
100 g Lakritz
3 Eigelb
125 g Zucker
1 TL Vanillezucker
200 ml Schlagsahne

Zubereitung:

- Gib die Milch in einen Topf und bringe sie bei mittlerer Hitze zum Aufkochen. Schneide das Lakritz klein und rühre es unter. Die Mischung dann bei geringer Hitze ungefähr fünf Minuten köcheln lassen. Dabei immer wieder umrühren.

- Danach die Lakritz-Mischung vom Herd nehmen und zwölf Stunden ziehen lassen, am besten über Nacht. Wenn sich danach noch nicht alle Lakritz-Stückchen aufgelöst haben, kannst du die Mischung pürieren.

- Jetzt gibst du die Eigelbe, den Zucker und den Vanillezucker in eine hohe Schüssel und schlägst alles so schaumig, bis der Zucker sich ganz aufgelöst hat. Die Lakritz-Milch schlägst du dann unter die Eier-Zucker-Masse.

- Schlage nun die Schlagsahne in einem Extragefäß steif und ziehe sie unter die Lakritz-Zucker-Masse. Dann stellst du das Lakritz-Eis für ungefähr sechs Stunden ins Gefrierfach. Damit es besonders cremig wird, kannst du die Mischung zwischendurch gründlich durchrühren.

LAKRITZ-KEKSE

Zutaten:

200 g Mehl
140 g Zucker
125 g Butter
1 Ei
1 Päckchen Vanillezucker
Ein bisschen Zitronenschale
1 TL Backpulver
6 Lakritz-Schnecken (oder sonstiges weiches Lakritz)

Zubereitung:

- Verrühre die Butter mit dem Zucker und gibt das Ei hinzu.

- Vermische Mehl, Backpulver, die Vanilleschote und die Zitronenschale gut miteinander und gib sie nach und nach zu dem Butter-Zucker-Gemisch dazu, bis ein Teig entstanden ist.

- Rolle die Lakritz-Schnecken auseinander, schneide sie in kleine Stückchen und knete sie unter den Teig. Dann teilst du den Teig in 3 gleich große Stücke und formst Rollen daraus (ca. 5 cm Durchmesser).

- Die Rollen wickelst du in Klarsichtfolie oder Butterbrotpapier ein und lässt sie ca. 30 Minuten im Kühlschrank ruhen. Schneide sie danach in 2 cm dicke Scheiben, leg sie auf ein mit Backpapier ausgelegtes Backblech und drücke sie leicht an.

- Backe die Kekse bei 170 Grad Ober-/Unterhitze 10 Minuten.

LAKRITZ-LIMONADE

Zutaten:

Lakritz-Tagetes
Mineralwasser

Zubereitung:

- Zupf ein paar Zweige des Lakritz-Krauts ab, tu es in ein Glas und fülle es mit kaltem Mineralwasser auf!

- Schon ist die Limonade fertig!

Beringer, Anna:
Lakritz-Sommer
ISBN 978 3 522 18662 9

Umschlagbild und Einbandtypografie: Elsa Klever
Satz: Tanja Haaf
Reproduktion: DIGIZWO, Stuttgart
Druck und Bindung: GGP Media GmbH, Pößneck

FSC www.fsc.org
MIX
Papier | Fördert gute Waldnutzung
FSC® C014496

Hier gibt es noch weiteren Lesestoff
für den Sommer:

NIKOLA HUPPERTZ

UNSER SOMMER AM SEE

LESEPROBE

Nikola Huppertz:
Unser Sommer am See
272 Seiten
Gebunden
ISBN 978 3 522 18534 9

1.
EIN BERG WIE EIN KNIE

Das Haus stand still in der zirpenden Wiese, der alte, ein wenig verkommene Teil düster, alle seine Fensterläden waren zugeklappt und verbargen, was dort zu verbergen war, der neue Teil hell und einladend, und das Metalldach glänzte in der Nachmittagssonne.

Die Hemdsärmel bis über die Bizepse hochgekrempelt, die Locken wild vom Schweiß, drehte Frau Neumüller noch eine Runde über das Grundstück. Sie warf einen Blick in die wassergefüllte Steinwanne mit der Pumpe und einen auf die Feuerstelle, fegte ein paar vertrocknete Blütendolden vom Steintisch und sah zwei Libellen nach, die, nachdem sie für einen Moment blaufunkelnd in der Luft stehengeblieben waren, einander über den Weiher nachsetzten. Sie schaute auch nach den Ringelnattern aus, die oft darin schwammen, konnte aber keine entdecken. Dann ging sie die kleine Steigung hinauf ums Gebäude, hängte den Schlüsselbund an den Nagel neben der Haustür zum Neubau und marschierte zu ihrem Kombi.

Schon einen Moment später brauste sie den Schotterweg, der zur Straße führte, entlang, dass die Steinchen nur so flogen.

Entschieden zu lange hatte sie auf die Familie Emmerich gewartet, die die nächsten drei Wochen hier oben verbringen wollte. Sie hatte eine Nachricht geschickt, die unbeantwortet geblieben war, hatte versucht anzurufen, aber es war keine Verbindung zustande gekommen. Jetzt musste sie wieder runter in den Ort, es war Montag, sie hatte ihre Verpflichtungen und konnte nicht ewig auf dem Krähenriegel zubringen.

Dass sie die Feriengäste nicht erreicht hatte, lag übrigens nicht am Netz hier oben. Der Empfang war hervorragend. Aber bereits im ersten Stau, irgendwo zwischen Braunschweig und Magdeburg, hatten Nick und Jula Emmerich den Akku vom Smartphone ihres Papas Claus leergezockt. Und kurz vor Leipzig passierte dasselbe mit dem Gerät ihrer älteren Schwester Agda. Die hatte sich mit drei Freundinnen parallel geschrieben, Fotos hin- und hergeschickt und nebenbei YouTube-Videos mit Bruce Lee angeguckt. Bruce Lee, der als Schuljunge Wing Tsun gelernt hatte, genau wie Agda es seit einem halben Jahr tat, und der später ein berühmter Kampfkünstler geworden war, genau wie sie es vorhatte. Und als Claus sie kurz vor Regensburg bat, die Verwalterin anzurufen und Bescheid zu geben, dass ihre Ankunft sich um mindestens anderthalb Stunden verschieben werde, aber auch drei, vier, fünf Stunden seien möglich, konnte sie nur mit den Schultern zucken.

»Geht nicht, du besitzt ja leider kein Autoladekabel wie jeder normale Mensch mit Auto«, hatte Agda erwidert, elegant darüber hinweggehend, dass sie diesen Anruf ohnehin nicht gemacht hätte. So gerne sie ihr Smartphone hatte, so sehr hasste sie es, mit wildfremden Leuten zu telefonieren. »Aber willst du wissen, was Bruce Lee im Trailer von *Todesgrüße aus Shanghai* macht?«

»Nein!«, sagte Claus. »Und du solltest es eigentlich auch nicht wissen, soweit ich eure Mutter verstanden habe.«

Agda schwieg einen Moment. »Willst du denn vielleicht noch ein Bonbon, Papa?«, fragte sie dann.

Claus Emmerich *wollte* noch ein Bonbon. »Ein oranges, bitte«, seufzte er.

»Und ich ein gelbes!«, rief Nick von der Rückbank.

»Und ich ein grünes!«, rief Jula.

»Grüne gibt es doch nicht.« Agda verdrehte die Augen. »Das hab ich dir schon tausendmal gesagt.«

»Ich will trotzdem ein grünes«, sagte Jula, denn Grün war ihre Lieblingsfarbe. »Aber ich nehm auch alle anderen.«

Also reichte Agda Bonbons in sämtliche Richtungen, wickelte sich selbst eins aus und steckte es in den Mund. Dann zupfte sie das verschwitzte T-Shirt zurecht und lehnte sich im Beifahrersitz des alten Ford Puma zurück. Sie wusste nicht recht, ob sie froh sein sollte oder nicht. Immerhin, dachte sie, waren sie unterwegs. Mit ihrem Papa, und das hatte seit mehreren Jahren nicht geklappt. Eigentlich noch nie, dachte Agda weiter, jedenfalls nicht, seit ihre Eltern sich getrennt hatten.

Erstens, weil Claus während der Sommerferien meistens arbeiten musste, während ihre Mama Saskia als Lehrerin naturgemäß freihatte. Und zweitens, weil Saskia fand, es würden an den Besuchswochenenden, die Agda, Nick und Jula bei ihrem Papa verbrachten, schon genug Kleinkatastrophen passieren. Da könnte so ein lieber langer Urlaub ja nur zur Großkatastrophe werden. Aber in diesem Jahr hatte Claus nicht nur alles drangesetzt, seinen Jahresurlaub in die Sommerferien zu legen, sondern Saskia war auf einmal der Ansicht gewesen, sie seien nun alt genug, um ein solches Wagnis überleben zu können.

Was möglicherweise damit zu tun hatte, dass ihr aufgefallen war, noch nie in Florenz gewesen zu sein, und sie beschlossen hatte, dies in diesem Sommer nachzuholen. Genauer gesagt: ohne Kinder. Dafür aber mit ihrer Freundin Ulrike, die fand, Frauen müssten viel mehr Zeit mit ihren Freundinnen verbringen und zusammen Spaß haben als allgemein üblich, und an Saskias Beschluss darum nicht ganz unschuldig war.

Auch Agda war noch nie in Florenz gewesen. Sie stellte sich Florenz interessant vor, deutlich interessanter als Burdur, wo ihre beste Freundin Samira immer im Sommer war, und meilenweit interessanter als den Bayerischen Wald mit seiner … Gegend. Den allerdings hatte Claus sich als Urlaubsziel ausgesucht, angeblich weil es dort ruhig war und einem nicht ständig irgendwelche Leute über den Weg liefen. Also alles, was in Agdas Augen uninteressant war. Sie für ihren Teil mochte nämlich Leute (und zwar lieber als Wald und Moder und Gräser voller Zecken und anderem Viehzeug). Vor allem Leute, die so alt waren wie sie selbst – jedenfalls, wenn es Mädchen waren. Und wenn sie nicht doof waren, wie sich von selbst verstand, sondern witzig und cool und großstädtisch. Sie mochte es außerdem, wenn etwas los war. Die Sache wurde also nicht besser dadurch, dass Claus das einsamste Häuschen gemietet hatte, das sich hatte auftreiben lassen. Das einsamste und vermutlich das billigste. Aber immerhin sind wir unterwegs!, dachte Agda noch mal und beschloss, fürs Erste zumindest ein kleines bisschen froh zu sein.

Auch zwei Stunden später, als Frau Neumüller längst wieder im Ort zurück war, gerade in die grünen Gartengaloschen geschlüpft war und sich daranmachte, ihre Hortensien zu gießen, waren sie übrigens noch unterwegs. Und zweieinhalb Stunden später immer noch. Da allerdings standen sie nicht mehr im Stau, sondern hatten in Passau die Autobahn hinter sich gelassen und kurvten zwischen nicht enden wollenden Waldstreifen die Serpentinen hoch. Hier und da lichteten sich die Reihen der Bäume, und ihnen zeigte sich ein Bachlauf oder eine Flur, die in allen Farben blühte, dann wieder tauchten sie in die langen Schatten der Tannen ein.

»Vielleicht ist die Straße ja verzaubert und hört nie wieder auf«, sagte Jula.

»Bitte nicht!«, stöhnte Claus, dem während der letzten Kilometer ein säuerlicher Geschmack in den Mund gestiegen war.

Aber da kam Jula, entzückt von ihrem Gedanken, in Fahrt. »Vielleicht ist hier *alles* verzaubert! Die ganze Gegend. Und wir kriegen auch gerade Zauberkräfte.«

»Pff, Zauberkräfte, du spinnst ja«, sagte Nick. Er war fast drei Jahre älter und hatte für die Kindereien seiner Babyschwester nichts übrig.

Jula funkelte ihn an. »*Du* kriegst vielleicht keine, aber *ich*!«

Nick drückte ungerührt Brille und Nase ans Seitenfenster, maß die Höhe der Tannen und den Umfang der Ulmen und vertiefte sich in seine eigenen Vorstellungen, die alle mit der wilden Wildnis dort draußen zu tun hatten, mit Geheimnissen und gefährlichen Abenteuern. Er war ganz Sohn seines Papas und voller Vertrauen, dass es kein besseres Urlaubsziel geben konnte als das von ihm gewählte. Sein Papa würde wissen, wo man etwas erleben konnte, dieses *Aufregende*, nach dem Nick sich so oft sehnte (ungefähr so oft, wie er sich nach seinem Papa sehnte), und auf das er sich nun schon seit Wochen freute. Nur Claus selbst wurde gerade durch gewisse Magenprobleme in seiner Vorfreude gedämpft.

»Hättest du vielleicht noch ein Bonbon für mich?«, wandte er sich an Agda. »Sonst steh ich diese Kurven nicht durch.«

»Ich will auch eins!«, rief Jula und beschwor direkt ihre neu erworbenen magischen Fähigkeiten herauf, um ein grünes in die Tüte zu hexen. »Nämlich ein …«

»… oranges.« Agda reichte ihr ein Bonbon, noch ehe Jula irgendetwas verwandeln konnte.

»Es wird in meinem Bauch grün«, verkündete sie darum und stopfte es in den Mund.

Danach sagte keiner mehr was. Denn vor ihren Augen riss der Wald auf, gab eine Ortschaft mit weißen Häusern und zwiebelbedachtem Kirchturm frei, und hinter allem erhob sich spitz wie ein angewinkeltes Knie der Krähenriegel.

Es dauerte genau siebeneinhalb Minuten, bis Nick Emmerich den Schlüsselbund fand.

Zuerst hatten sie alle reglos dagestanden und geguckt, während die Wärme des Tages, die noch in der Wiese festhing, an ihnen hochkroch und die Grashüpfer um ihre Waden sprangen.

»Oooh!«, rief Jula, nachdem sie lange genug geguckt hatte, und hüpfte einem besonders dicken Grashüpfer hinterher. »Ich geh mal gucken, wo die Krähen sind! Krähen sind Zaubervögel!«

Damit war der Bann gebrochen. Mit langen Schritten ging Claus zur Haustür, die an der Hügelseite des Neubaus gleich in die erste Etage führte, aber sie war verschlossen, und von einem Schlüssel war keine Spur. Also stapfte er weiter zum alten Teil des Hauses und betrachtete den schweren Eisenriegel, der mithilfe eines Vorhängeschlosses die andere Tür versperrte. »Diese Verwalterin kann uns doch nicht einfach ausschließen, nur weil wir uns ein kleines bisschen …« Er schob die Finger hinter den Riegel und ruckelte. Das allerdings brachte nichts außer einem umgeknickten Mittelfingernagel, und ein beherzter Tritt ließ die Tür nicht mal zittern. Was auch nichts brachte, war Claus' anschließender Versuch, dem leergedaddelten Smartphone doch noch ein Telefonat zu entlocken. Oder sein durch die als Trichter an den Mund gelegten Hände verstärkter Ruf: »Frau Neuuuuu-mül-ler, lassen Sie uns reeeeiiiin!« Die Worte verloren sich spätestens hinter den Johannisbeersträuchern, wo die Wiese sich sanft hangabwärts neigte, etwa dreieinhalb Kilometer vom oberen Ortsrand entfernt. Also steckte Claus den schmerzenden Finger in den Mund, drückte mit den Schneidezähnen gegen den Nagel und begann, gründlich über das Problem nachzudenken, denn (so viel wusste er aus eigener Anschauung) jede Widrigkeit eröffnete Raum für interessante Gedankenexperimente.

Agda beobachtete ihren Papa. Als ihr klar wurde, dass er in eine seiner Grübeleien verfallen war, die ihren eigenen Erfahrungen gemäß zu nichts führten als langen Wartereien, wandte sie sich an Nick. »Diese Frau Neumüller hat bestimmt irgendwo den Schlüssel hinterlegt. Wer ihn zuerst findet!« Und während ihr Bruder losstürmte, um als weltbester Schlüsselfinder aus diesem kleinen Wettkampf hervorzugehen, huschte ein Lächeln über ihr Gesicht. Nick würde sich um die Sache kümmern. Als angehende Wing Tsun-Kämpferin hatte sie nicht vor, ihre Kräfte für derartige Kinkerlitzchen zu verpulvern. Lieber wollte sie die Zeit nutzen, um schon mal das Grundstück zu erkunden. Natürlich lag es nicht in Florenz, nicht mal in der Nähe von Florenz oder einer anderen interessanten Stadt. Außer ihrem Papa verirrte sich vermutlich keine Menschenseele freiwillig hier hoch – erst recht keine Menschenseele in ihrem Alter, die witzig und cool und großstädtisch war. Aber es war hübsch auf dem Krähenriegel, das musste Agda zugeben. Oberhalb des Schotterwegs führte die

Wiese zum Waldrand hinauf. Auf halber Höhe standen drei verwildert anmutende Bienenstöcke, um die sich die Bienen mit unaufhörlichem Gesumm tummelten, weswegen sie lieber den schmalen Pfad zur Steinwanne einschlug und die Hände ins eiskalte Wasser tauchte. Irgendwo in der Nähe rief ein Buchfink, es raschelte und zirpte, und wenn sie die Finger bewegte, mischte sich in das Konzert ein leises Plätschern.

»He, du suchst ja gar nicht!«, rief Nick ihr zu.

Agda reagierte nicht. Sie blickte auf die hellen Flecken, die die Abendsonne auf die Wasseroberfläche malte, und spürte, wie das klebrige Gefühl wich, das die lange Autofahrt in ihr hinterlassen hatte. Dann beugte sie sich vor und tauchte das Gesicht ins goldene Geglitzer. Dabei fiel ihr ein, was Jula über die Sache mit den Zauberkräften gesagt hatte, und für einen kurzen und sehr geheimen Moment wünschte sie sich, auch noch mal klein zu sein und sich alles nach Lust und Laune zurechtzuhexen. Zumindest für diesen Sommer, von dem man in ihrem Alter, wie sie befürchtete, nicht allzu viel erwarten konnte.

»Du kannst auch da drüben im See baden, Agda, da ist mehr Platz drin als in der Wanne«, sagte Julas Stimme prompt hinter ihr.

Mit einem Prusten zog Agda den Kopf wieder hoch. »Wir haben einen eigenen See?«, rief sie und dachte an den funkelnagelneuen Streifenbikini in ihrem Koffer.

»Natürlich haben wir einen!« Es klang, als wäre diese Tatsache Julas persönliches Werk. »Nur Krähen sind keine da.«

»Krähen, pfff!«, sagte Agda. »Zeig her, den See!«

»Der See ist ein Stückchen entfernt«, mischte sich da ihr Papa ein, »ich schätze mal, eine Viertelstunde durch den Wald. Was wir gleich hinterm Haus haben, würde ich eher einen *Weiher* nennen oder einen *Tümpel*. Aber in der Sache hat Jula schon recht, Agda, etwas mehr Wasser als in dieser Wanne ist allemal drin ... wenn auch vermutlich unmenschlich kaltes Quellwasser. Solltet ihr also baden wollen, dann möglichst ohne zu ertrinken oder den Erfrierungstod zu sterben, denn retten kann ich euch im Augenblick nicht. Ich muss noch mal in den Ort runterfahren und diese verflixte Verwalterin fragen, auf welchem Weg wir am besten ins Haus eindringen sollen, wenn sie uns schon partout keinen Schlüssel überlassen will.«

Das war der Moment, in dem Nick den Schlüsselbund entdeckte. Er war ums Haus gegangen, um sicherheitshalber selbst noch mal die Haustür zu überprüfen. (Vielleicht gab es dort eine Fußmatte, unter der der Schlüssel versteckt war? Einen Blumentopf, in dem er lag? Ein Paar Gummistiefel?) Erst hatte er nichts entdecken können. Aber dann war er mehrere Schritte rückwärts in die Wiese hinein gegangen, um sich einen Rundumblick zu verschaffen, und war dabei zufällig draufgetreten.

»Ich hab ihn!«, brüllte er und hob den Schlüsselbund aus dem hoch aufragenden Gras neben den Steinplatten, die als verstreute Stufen hinauf zur Tür führten. »Er lag hier so rum. Was krieg ich dafür, Agda?«

»Ein Dach überm Kopf!«, rief Agda und lachte.

»Und was zu essen!«, rief Jula. »Oder, Papa? Wir haben doch noch was zu essen in der Tasche?«

»Das eine oder andere«, sagte Claus und wunderte sich über den seltsamen Brauch, verspätete Feriengäste mit einem auf den Boden geschmissenen Schlüssel zu begrüßen. Bayrisch!, vermutete er. Noch ein Weilchen dachte er vor sich hin und stolperte schließlich hinter seinen Töchtern her, die sämtliche Krähen, Wannen und Weiher vergessen hatten und zum Haus hinübergeflitzt waren. Als er ankam, hatte Nick die Tür längst aufgeschlossen und war mit Agda und Jula nach drinnen verschwunden. Warme, etwas stickige Luft drang Claus entgegen, das kleine elektronische Geräusch, das Agdas Smartphone machte, wenn man es an den Strom anschloss, und Julas Stimme, die rief: »Guckt mal, hier liegt 'ne zusammengeschrumpelte Katze!«

Er holte Luft. Danach trat auch er ins Haus.

2.
BAYSTET

Vielleicht hatte das Haus auf sie gewartet. Vielleicht behagte es ihm nicht leerzustehen, dort oben auf seinem Berg, vielleicht konnte es auch nicht anders, als traumlos zu schlafen, bis es sich endlich mit Stimmen und Leben füllte. Jedenfalls begann es zu leuchten, als die Familie Emmerich in ihm Einzug hielt. Die Sonne schien schräg in den großen Wohnraum mit dem Kachelofen neben dem französischen Bett. Und nachdem Claus in der Küchenecke eine volle Flasche Blutwurz und eine Emaillekanne gefunden und sich als erste Amtshandlung einen kleinen Schnaps ein- und einen kräftigen Grünen Tee aufgegossen hatte, (ersteren, um seinen immer noch aufgewühlten Magen zu beruhigen, den zweiten, um seine Gedanken zu beleben), stiegen die Dampfschwaden leuchtend in die Höhe.

Willkommen!, dachte er, wobei nicht ganz klar war, ob er das Haus meinte oder sich selbst.

Agda, Nick und Jula hatten anderes im Sinn, als abzuwarten

und Tee zu trinken – so irre, im Sommer brühheiße Getränke zuzubereiten, war ohnehin nur ihr Papa.

Nachdem Nick die Tür geöffnet hatte, war er sofort losgezogen, um sich im Haus umzusehen. Er war einmal durch den Wohnraum gelaufen, die schmale, gewundene Treppe hinuntergerannt, war durch einen engen Flur mit Wandregal geschlüpft, im überraschend geräumigen Badezimmer gelandet und weiter ins Nebenzimmer gestratzt, in dem in Reih und Glied drei Betten auf einem kühlen Fliesenboden standen – und ihnen gegenüber ein Koloss von einem Kleiderschrank. Zurück im Bad hatte er die Zwischentür zum alten Teil des Hauses untersucht.

Wenn man sie aufschloss (der Schlüssel steckte!), gelangte man in einen Gang, der links auf ungedecktem Erdboden zur alten Haustür führte, rechts an allerlei Kisten, Werkzeugen und Gartengeräten vorbei zu einer langen Steiltreppe, die offenkundig bis auf den Dachboden reichte. Direkt gegenüber gab es eine weitere Tür, durch die es zum eigentlichen Wohnbereich gehen musste – beziehungsweise zu dem, was davon übriggeblieben war. Nick wollte schon drauflosmarschieren, aber dann wurde er doch auf Julas aufgeregtes Gerede aufmerksam. Er hatte es schon eine ganze Weile gehört, aber nun bekam es eine Eindringlichkeit, die er nicht mehr ignorieren konnte.

»Was hat sie nur die ganze Zeit mit einer *Katze*?«, murmelte er, lief durchs Badezimmer zurück und die Treppe hoch zu den anderen.

Die Katze war das Zweite gewesen, was Jula oben im Wohnraum entdeckt hatte. Das Erste war ein Igelball mit regenbogenbunten Gumminoppen, den sie sich sofort von der Fensterbank geschnappt, ein paar Mal hochgeworfen und wieder aufgefangen hatte, bis er in hohem Bogen durch den Raum geflogen und unters Bett gekullert war. Als sie sich auf die Dielen legte, um ihn hervorzuholen, befand sich wenige Zentimeter daneben die Katze. Jula gab dem Ball einen Schubs, der ihn wieder unter dem Bett hervor beförderte, und zog dann die Katze an einer der erstarrten Vorderpfoten ans Tageslicht.

Sie war in der Tat zusammengeschrumpelt. Darüber hinaus war sie verstaubt und so tot, wie eine Katze nur tot sein konnte.

»Mumifiziert«, stellte Claus fest, als Jula das papierleichte Tier nach eingehender Betrachtung und ausgiebiger Untersuchung durchs Zimmer trug, ihren Papa mehrfach ermahnte, vorsichtig damit umzugehen, und es neben seine Teetasse legte.

»Ekelhaft!«, sagte Agda, deren Smartphone soeben wieder zum Leben erwacht war und auf dem nun die Nachrichten hereinbimmelten. »Tu die weg hier!«

Jula ignorierte Agdas Aufforderung. »Wieso ist die Katze mumifiziert?«

»Da fragst du mich was«, sagte Claus.

»Mama will wissen, ob wir glatt durchgekommen sind«, warf Agda ein. »Sie hat sich schon viermal gemeldet.«

»Im alten Ägypten galten Katzen als heilige Tiere und wurden mitunter mumifiziert«, sagte Claus. »Und dann gab es natürlich Bastet, die Katzengöttin. Aber in Bayern?«

»Sind wir?«, hakte Agda nach.

»Och, das hier war dann bestimmt 'ne heilige *bayrische* Katze«, sagte Jula. »Und die heißt … Baystet.«

»Ich schreib Mama einfach, wir sind, oder, Papa?«, kam es von Agda. »Sonst fragt sie noch zehnmal nach.«

»Sind was?« Claus sah sie verwirrt an.

Kurz war es still, nur auf der Treppe waren stampfende Schritte zu hören.

»Die Nachricht ist raus«, sagte Agda. »Wolltest du eigentlich jetzt noch diese Frau Neumüller anrufen?«

»Ach ja, Frau -«

»Zeig mal her, Jula!«, rief Nick, der gerade im Wohnraum angekommen war und zum Esstisch stürzte. Beziehungsweise *auf* den Esstisch stürzte, als sein linker Fuß den Igelball erwischte und etwas zu stürmisch abrollte.

»Mein Tee!«, konnte Claus gerade noch rufen. In der nächsten Sekunde ergoss sich eine kleine, dampfende Flut über die Tischplatte und durchweichte den himmelblauen Tischläufer, den Untersetzer aus Stroh und Claus' Brieftasche, bevor sie zielsicher auf seine Oberschenkel hinunterplätscherte. Nur Baystet schoss, gerettet durch Julas blitzschnelle Hand, staubtrocken und sicher in die Höhe.

»Ich rufe sie an«, seufzte Claus, rieb sich das nasse, heiße Bein und befand, er hätte gleich beim Schnaps bleiben sollen.

Frau Neumüller zupfte an einem der Härchen, die aus ihrem Kinn sprossen, und sah von einem Gesicht zum anderen. Am Smartphone hatte sie noch herzlich geklungen. Jedenfalls so herzlich, wie man es vor dem Hintergrund einer fast dreistündigen Verspätung erwarten konnte, obwohl sie zweifellos wenig begeistert gewesen war, die Fahrt auf den Krähenriegel ein zweites Mal antreten zu müssen. Auch die Begrüßung hatte allen Regeln der Höflichkeit entsprochen. Doch dann hatte sie angefangen, näher hinzuschauen und die Familie Emmerich ins Visier zu nehmen: das kleine Mädchen mit der toten Katze, die sie für längst entsorgt gehalten hatte, den Jungen mit der leicht verrutschten Brille, das große Mädchen, das in seltsam kämpferischer Haltung dastand, und den Mann in der feuchten Hose. »Also«, sagte sie schließlich. »Erst amal zum Ofen. Ham'S Erfahrung mit Holzfeueröfen?«

»Ich, äh …« Claus errötete. Er war sich nicht sicher, ob seine bisherigen Erfahrungen im Feuermachen dem entsprachen, was eine bayrische Verwalterin mit prallem Bizeps darunter verstand. Schon gar nicht, nachdem sie ihn auf eine Weise gemustert hatte, die fundamentale Zweifel zum Ausdruck brachte. »Glauben Sie, bei dieser Witterung ist es nötig einzuheizen?«

»Papa und ich haben schon mehrmals gegrillt«, klinkte Nick sich ein. »Auf seinem Balkon. Die Nachbarn hatten auch nicht *sehr* viel dagegen, und eine Stichflamme hatten wir nur einmal, aber da hat sich keiner verbrannt, bloß Papa ein bisschen.«

»Schön.« Frau Neumüller räusperte sich. »Mir schaun erst amal weiter. Grillen können'S hier übrigens auch, Sie ham die Feuerstelle im Garten sicher gesehen. Und was des Einheizen betrifft, wird's wahrscheinlich net nötig sein.« Mit diesen Worten machte sie eine halbe Drehung auf den Fersen und marschierte zur Treppe.

»Der wo obm schlaft, muss sich auf der Stiegen in acht nehmen, wenn er bei der Nacht amal muss«, fügte sie im Runtergehen hinzu. »Im Dunkeln is die doppelt steil. – Die Kinder schlafen doch unten?«

Agda hatte die ganze Zeit stillschweigend zugehört. Und obwohl sie ein wenig Mühe hatte, Frau Neumüllers sprudelndem und rollendem Vortrag Wort für Wort zu folgen, war ihr nicht entgangen, dass sie ihnen nicht über die Maßen freundlich gesinnt war, sondern sie großspurig, ja, geradezu herablassend behandelte. Fast, als wären Großstädter wie sie blöde und ungeschickt. Und wenn Agda Emmerich eines nicht mochte, dann war es, für blöde und ungeschickt gehalten zu werden, schon gar nicht von dieser hässlichen Schachtel vom Dorf. Immerhin war sie eine angehende Kampfkünstlerin und deutlich cooler als irgendwelche Hinterwäldler.

»Die Kinder *schlafen* unten.« Mit einem eleganten Move fädelte sie sich an der Verwalterin vorbei und empfing sie mit verschränkten Armen am unteren Ende der Treppe. »Deswegen können Sie uns jetzt mal unser Zimmer zeigen, ich war noch zu beschäftigt, um es mir anzusehen.«

Frau Neumüller runzelte die Stirn. »Schaust es dir halt

selbst an, da gibt's fei net viel zu sagen. Und auch des Badezimmer. Is ja immer des Wichtigste für so a junges Madl.« Sie drehte sich zum Rest der Familie um, der ihr ordnungsgemäß die Treppe hinunter folgte, führte sie dann durch den kleinen Flur und hinein ins Bad. »Mir gehen derweil zum Zwischengang, da hat's die ganzen Gerätschaften. Besen, Luftmatratzen, Roste für den Grill ...«

»Und da geht's zum alten Hausteil«, wusste Nick.

Wieder legte sich Frau Neumüllers Stirn in Falten. »Ja, aber da bleibst besser draußen, der is net mehr bewohnbar. Alles runtergekommen mit den Jahren. Da hat amal des Katzenviech rumgelegen, als noch Feriengäste rein dürfen ham, unter einer losen Diele. Is da wohl krepiert und vertrocknet, und dann hat's einer rumgeschleppt und liegen lassen. Können'S gern wegschmeißen.«

»Das ist eine heilige Katze!«, protestierte Jula.

»Und das Badezimmer ist nicht immer das Wichtigste für ein *junges Madl*!«, bemerkte Agda.

Claus, der als Letzter unten angekommen war, berührte beschwichtigend die Schulter seiner Ältesten. »Es wäre sehr nett, wenn Sie uns die Geräte zeigen könnten«, wandte er sich dann an Frau Neumüller. »Und wir werden die renovierungsbedürftigen Räume natürlich nicht betreten.«

»Och!«, kam es von Nick. »Zumindest mal gucken, Papa, ja?«

»Allerdings«, sagte Agda in ungewohnter Einigkeit mit ihrem Bruder. Alles, was dieser eingebildeten Bayerin etwas entgegensetzte, erschien ihr richtig.

»Schließlich haben wir ein *Haus* gemietet, kein *halbes* Haus«, sagte Jula. »Und wenn da sogar Katzen rumliegen …«

Frau Neumüllers Stirn war ein ganzes Faltenmeer. »Herrschaftszeiten, dann zeig i's euch halt, und ihr werdet's schon sehen, was des für a Bruchbuden is!«

»Ja, nein, wir …« Unglücklich sah Claus zwischen Frau Neumüller und seinen Kindern hin und her und fragte sich, wie innerhalb kürzester Zeit ein Krieg zwischen ihnen hatte ausbrechen können. Er fragte sich auch, ob er selbst Teil dieses Krieges war (der Blick der Verwalterin ließ es vermuten). Fragte sich, ob seine Kinder genauso aufmüpfig wären, wenn nicht er, sondern ihre Mutter hier neben ihnen stünde. Fragte sich, ob Frau Neumüller in diesem Fall nicht selbst sehr viel höflicher wäre. Fragte sich zuletzt, was überhaupt vor sich ging, wenn Menschen einander zum ersten Mal sahen, jeder als der, der er eben war. Und während er all dies durchdachte, verpasste er fast den Anschluss. Als er aufblickte, waren alle außer ihm durch die Zwischentür aus dem Badezimmer verschwunden.

»Wollten'S jetzt die Gerätschaften sehen oder net?«, rief Frau Neumüller.

»Ich komme«, murmelte Claus.

Genüsslich schob Agda sich eine Gabel aufgewickelter Nudeln in den Mund. Zwei Packungen Spaghetti und ein Glas fertig gewürzte Tomatensoße hatten sie im Gepäck gehabt, und da kein Mitglied der Familie Emmerich Lust gehabt hatte, sich noch an diesem ersten Abend auf dem Krähenriegel zum

Einkaufen aufzumachen, zumal im Ort vermutlich ohnehin längst alle Bürgersteige hochgeklappt waren, gab es eben Spaghetti mit Tomatensoße.

»Mit einer Sache hatte sie ja recht, diese Frau Neumüller«, sagte Agda kauend. »Das ist echt 'ne Bruchbude da drüben.«

Niemand widersprach ihr. Jula hatte, nachdem sie keine weiteren Katzen hatte finden können, schnell das Interesse an den dunklen, muffigen Räumen verloren, und Nick hatte gegen die Gänsehautschauer angekämpft, die ihm bei der Besichtigung die Arme hinunterrieseln wollten. Die niedrigen Decken und rußigen Wände, die vielen toten Fliegen auf den Fensterbänken, der klebrige Staub und die Spinnweben hatten ihm nicht behagt. Natürlich hatte er keine Angst gehabt, schließlich war er ein Mann auf der Suche nach Abenteuern, aber er hatte sich gewissermaßen … geekelt. Abenteuer befanden sich ohnehin draußen, wie jeder wusste, in der wilden Welt und der rauen Natur, nicht in so einem abbruchreifen Drecksloch. Und als Frau Neumüller darauf gedrängt hatte, den alten Hausteil zu verlassen und noch einen kurzen Blick in den Garten und auf den Weiher zu werfen (er *war* unmenschlich kalt, weshalb Agda alle Badepläne auf den See verschoben hatte) hatte er genau wie seine Schwestern nur noch der Form halber ein kleines bisschen dagegengehalten.

Noch weniger Einwände hatten Agda, Nick und Jula hervorgebracht, als ihr Papa gleich nach Frau Neumüllers Abfahrt vorgeschlagen hatte, sich in ihre hübsche, helle Küche zurückzubegeben und Nudeln zu kochen.

»Alles Weitere machen wir morgen«, hatte er gesagt. »Ins Dorf runterfahren und einkaufen, den See suchen, die Gegend erkunden …«

Gegend!, hatte Agda gedacht.

Aber dann war sie ihm genau wie ihre Geschwister gefolgt, hungrig und ein wenig müde von ihrem Kampf, und als sie nun eine neue Fuhre Spaghetti aufwickelte, spürte sie eine wohlige Zufriedenheit in sich aufsteigen. Nudeln, die Abendsonne im Nacken und die Nachrichten ihrer Freundinnen auf den Knien.

Ich glaub, es ist schön hier!, schrieb sie Samira unter der Tischplatte, nachdem sie sich eine Reihe Fotos aus dem kleinen Haus in Burdur angeschaut hatte. Nur der Klingelton, der ihr plötzlich entgegensprang, ließ sie zusammenfahren.

»Das ist schon wieder Mama«, sagte sie. »Stimmt, sie hat geschrieben, dass ich mal durchrufen soll. Bei uns ist doch alles in Ordnung?«

»Außer dass du beim Essen am Smartphone bist«, bemerkte Claus.

Agda war schon drangegangen. »Hier ist alles okay!«, rief sie, ehe ihre Mama überhaupt fragen konnte.

Aber damit gab sich eine Saskia Emmerich nicht zufrieden. Zu lange hatte Agda ihre Kontaktversuche ignoriert, hatte sie schließlich mit einem knappen *Sind jetzt da, alles gut gelaufen* abgespeist.

»Jetzt erzähl aber mal!«, sagte sie. »Seid ihr auch so schön untergebracht wie wir? Und was werdet ihr zu Abend essen?«

»Wir essen schon«, gab Agda zurück. »Nudeln.«

Saskia schwieg.

»Mit Soße«, sagte Agda.

Saskia schwieg noch immer.

»Und mit gemischtem Salat«, fügte Agda da hinzu.

Nick blickte sie an, nur einen winzigen Moment überrascht. Ihm war genauso bewusst wie Agda, was ihre Mama in Florenz hören wollte, ihre Mama, die vermutlich alles, was sie über ihren Urlaub auf dem Krähenriegel erfuhr, brühwarm an Ulrike weitererzählen und sich deren *ehrliche Freundinnenmeinung* dazu anhören würde.

»Na, das ist ja schön«, sagte Saskia. »Und die Unterkunft?«

»Alles tiptop hier.«

Jula begann zu kichern. Sie machte sich weniger Gedanken über die Wünsche und Befürchtungen ihrer Mama, sondern dachte an den Dreck im alten Teil des Hauses, den ihre Schwester offenbar ganz vergessen hatte.

»War das Jula?«, fragte Saskia.

Agda warf Jula einen strengen Blick zu.

»Wie geht es ihr? Kommt sie gut mit der Situation zurecht? Für länger als ein paar Tage war sie ja noch nie von mir getrennt.«

»Sie *kommt* zurecht und spielt ganz schön«, sagte Agda, und Jula kicherte noch vernehmlicher. »Ich hab 'ne tote Katze gefunden!«, rief sie.

»Was sagt Jula?«, fragte Saskia. »Gib sie mir doch mal.«

Agda witterte Gefahr. Wenn Jula erst mal anfing draufloszuquatschen, würde ihre Mama keine Ruhe mehr geben, so viel war abzusehen. Ganz egal, wovon das kleine Biest anfangen würde, Saskia würde sich alles Mögliche zurechtlegen und glauben, sie wären im Bayerischen Wald nicht gut aufgehoben – genau wie sie früher oder später noch immer zu dem Schluss gekommen war, sie wären nicht gut aufgehoben, wenn sie mit ihrem Papa allein waren.

»Jula hat nur was von einer Katze erzählt, die wir gesehen haben«, sagte sie darum. »Beim … Einkaufen.«

»Du sollst sie mir bitte geben!«, sagte Saskia mit einem Ton, der verriet, dass sie sich nicht würde abwimmeln lassen, und wenn dieses Telefonat noch fünf Stunden dauerte.

»Mama will dich sprechen.« Agda ließ ihren Blick noch eine Spur strenger ausfallen.

Jula streckte den Arm über den Tisch.

»Tschüss dann«, sagte Agda und reichte das Smartphone ihrer Schwester. Im nächsten Moment hörte sie sie schon rufen: »Wir essen gar keinen Salat, und weißt du, was diese doofe Frau Neumüller gesagt hat? Ich soll die tote Katze in den Müll schmeißen!«

Agda und Nick sahen sich an.

Agda seufzte.

Nick seufzte ebenfalls.

Nur Claus schwieg vor sich hin und aß seine Nudeln, während Jula fröhlich weitererzählte.

»Nö, nicht beim Einkaufen, das machen wir erst morgen … die lag zuerst in dem Teil vom Haus, wo man nicht reindarf …

weil da alles kaputt ist, der Boden und so ... Aber ich hab sie unterm Bett ... das liegt an meinen Zauberkräften, weißt du? Bestimmt find ich auch noch die Krähen ... Nein, unter *Papas* Bett! Er schläft oben und muss aufpassen, dass er nachts nicht die Treppe runter...«

Agda hörte nicht weiter zu. Sie hatte keine Lust, sich zu ärgern. Stattdessen lächelte sie ihrem Papa aufmunternd zu und beschloss, noch einmal an Samira zu schreiben, sobald Jula endlich aufhören würde zu telefonieren.

Doch, safe ist es schön hier. Es gibt auf dem Krähenriegel zwar keine interessanten Leute, sondern nur komische Verwalterinnen und tote Katzen, aber es ist gemütlich und wild und ein kleines bisschen unheimlich.

Auch später, als die Sommerdunkelheit ins Haus eingekehrt war und Agda, Nick und Jula aufgereiht in ihren Betten lagen, war es gemütlich. Und wild. Und ein kleines bisschen unheimlich. Es war nämlich eine dunkle Sommerdunkelheit, viel dunkler als die in der Stadt, stockdunkel sozusagen, aber irgendwie samtig, wie Agda anmerkte.

»Sehr samtig«, sagte Nick dazu und drückte unter der Decke verborgen seinen Frotter (ein aus fünf Knoten bestehendes und ziemlich abgeschabtes, nach zu Hause und Mama riechendes Frotteewesen, das er nur noch *manchmal* zum Schlafen brauchte). »So, als hätte man ein Tuch um den Kopf gebunden.«

»Da ist es nur gut, dass Katzen Leuchtaugen haben«, bemerkte Jula, drehte sich zur Seite und tastete ihrerseits nach Baystet, die auf ihrem Nachttisch lag.

»Aber doch keine mumifizierte Katze!« Nick stieß ein kleines Schnauben aus. »Die hat überhaupt keine Augen mehr. Nur Löcher.«

»Pföh, genau da leuchtet sie ja.« Jula zog die Hand wieder ein. »Aus den Löchern raus. Du kannst es nur nicht sehen. Weil du keine Zauberkräfte hast.«

»Aber du siehst es, hä?«

Jula schwieg einen Moment. »Wenn ich einen Zauberspruch aufgesagt hab«, sagte sie dann.

»Aha, und wie geht der?«

»Sag ich dir doch nicht!«

»Aber wenn ich keine Zauberkräfte hab, wie du meinst, kann ich doch eh nichts damit anfangen.«

»Dann muss ich ihn dir auch nicht verraten«, sagte Jula bestimmt. »Außerdem muss ich ihn noch üben. Glaubst du, man kann einfach so zaubern? Als wär das nix?«

»Haha«, machte Nick, »dann siehst du also doch nichts leuchten!«, und das war der Augenblick, in dem es Agda zu bunt wurde. Sie wollte diese dunkle Gemütlichkeit auskosten, wollte sich unter der etwas zu schweren, etwas zu warmen Decke einkuscheln und noch ein bisschen an die wichtigen Dinge des Lebens denken, bevor sie einschlief: an Bruce Lee und ihre eigene Zukunft als Fighterin, an ihre Freundinnen, mit denen sie sich morgen wieder Fotos schicken und schreiben würde, und an den See, den sie nach dem Einkaufen suchen würden. Sie wollte sich ausmalen, wie sie ihren neuen Bikini anzog und mit einem eleganten Kopfsprung ins Wasser eintauchte, auch wenn vermutlich niemand außer ihrem Papa und ihren dummen kleinen Geschwistern es sehen würde. Aber für all diese Gedanken brauchte sie Ruhe, und darum machte sie kurzen Prozess.

»*Sollte* die eklige Katze leuchten, würdet ihr's überhaupt nicht mitkriegen vor lauter Gequatsche«, sagte sie. »Da ist es ganz egal, ob ihr Zauberkräfte habt oder nicht. Also haltet besser mal die Klappe!«

Das wirkte. Jula murmelte nur noch ein paar geheimnisvolle Wörter vor sich hin, dann starrte sie stumm in Richtung Nachttisch. Nick schnaubte noch einmal und drehte sich geräuschvoll zur Wand, um zu demonstrieren, dass ein Junge wie er (im Gegensatz zu seiner Babyschwester) nun ganz bestimmt nicht auf mögliche Leuchtsignale eines zusammengeschrumpelten Kadavers warten würde. Stattdessen machte er die Augen zu, um die Dunkelheit nicht länger sehen zu müssen.

Für Agda machte es keinen Unterschied, wer an Zauberkräfte glaubte und wer nicht. Sie schob die Füße unter der Decke hervor, damit sie nicht erdrückt wurden, und atmete tief durch. Dabei ließ sie ihre Gedanken davonspazieren, in alle Richtungen zugleich. Erst tauchte ihre Mama auf, mit Ulrike auf einer florentinischen Piazza sitzend ins Gespräch vertieft, aber das Bild verblasste wieder und wurde von anderen abgelöst: Bruce Lee an einem türkisblauen See. Wie er ihre zankenden Geschwister mit einem einzigen Fingerschnips ummähte und ihr dann lässig zunickte. *Nur* ihr, wohlgemerkt, obwohl auch Samira und all ihre anderen Freundinnen um sie versammelt waren. Und sie selbst, wie sie aus der Gruppe heraustrat und Anlauf nahm, nackte Füße auf warmem Sand, wie sie immer mehr Schwung bekam und schließlich abhob – hoch in die Luft und unter sich nichts als glitzerndes Wasser.

Inselferien voller Sonne, Abenteuer und Freundschaft

Annika Scheffel

Solupp 1: Sommer auf Solupp

320 Seiten · Gebunden
ISBN 978-3-522-18571-4

Irgendwo weit draußen, wie ein Klecks im Meer, liegt Solupp. Niemals hätte Mari gedacht, dass diese Insel so viele Überraschungen bereithalten würde: Das Ferienhaus mit den geheimnisvollen Zimmern, die magischen Dunkelstunden, die Wildponys, der fremde Junge aus dem Meer. Und während sie sich noch über all die Rätsel wundern, stecken Mari und ihre Brüder schon mittendrin im schönsten Abenteuer, das man sich vorstellen kann.

Temporeiche und umwerfend komische Detektivgeschichte

Marie Hüttner

Ist Oma noch zu retten?

256 Seiten · Gebunden
ISBN 978-3-522-18612-4

Angst aus, Mut an. Pia liebt diesen Spruch ihrer Oma. Denn der hilft immer, vor allem in brenzligen Situationen. Und genau in solch einer steckt Pia gerade. Denn Oma Lore ist spurlos verschwunden. Pia ist zu allem bereit, um sie zu finden. Sie tut sich sogar mit dem nervigen Nachbarsjungen Pepe zusammen, der alles besser weiß. Gemeinsam werden die beiden zu Kleinstadtdetektiven, Lügenbaronen und Geldfälschern und erleben den außergewöhnlichsten Sommer ihres Lebens …

Lieblingsbücher fürs Leben.
www.thienemann.de